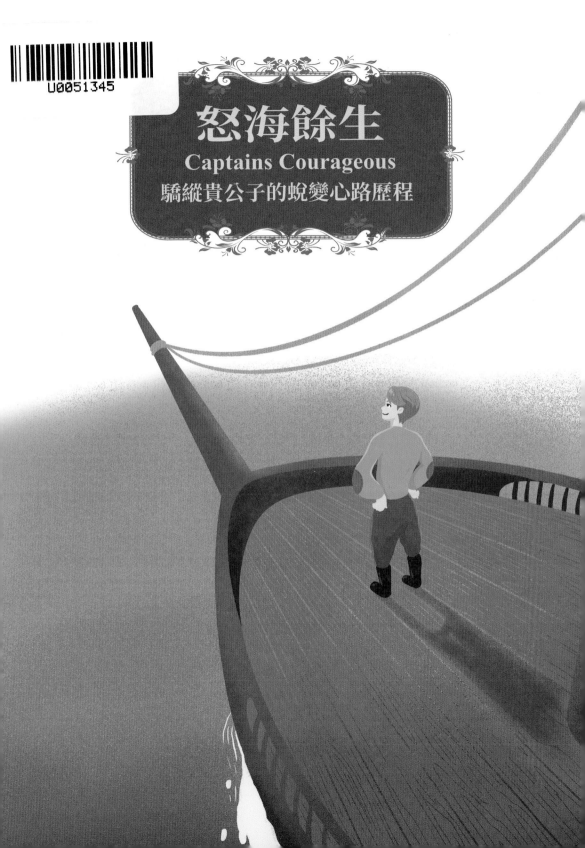

怒海餘生
Captains Courageous
驕縱貴公子的蛻變心路歷程

目錄

少年的成長儀式《怒海餘生》

黃愛真（高雄市一甲國中閱讀教師、教育部閱讀推手）

少年的成長儀式

少年哈維是十八世紀末美國鐵路運輸、礦場、林場大亨伽尼家族的兒子。當時漁船學徒每月收入十美元的年代，哈維的零用錢卻可達每月二百美元，加上父親忙於工作和母親的溺愛，哈維一直過著奢華、吊兒郎當，不事生產的日子。直到一次搭乘客輪時不小心墜海，失去身上所有的金錢……

哈維的落海瀕死與一無所有，再被葡萄牙漁夫救起，似乎象徵著死亡與重生。

隨後他上了漁船「在這兒號」，因為不服船長狄斯科管教，被揍了一拳後，重新以漁船學徒的身分在船上學習，並以每月十美元的薪資，開始展開海上數個月的新生活。船長那一拳，猶如台灣原住民少年的成長儀式：鄒族的「打屁股」，以及部分族群的拔齒習俗，意味著少年必須忍受疼痛，然後再進入另一個和原來生活不同的空間，待上一段時日，才能褪去稚氣，蛻變為成人。

漸漸地，哈維開始學習服從，並在不熟悉的漁船空間上生活一段時間，完成歷練，成為一個成熟的男人。他擁有負責任的心態，以及靈活應對人事物的能力，因此獲得了父母的肯定。日後，哈維進入學校學習知識，擁有掌管父親事業的企圖心，成為讓美國人驕傲的男孩典範。在船上的這一段經歷，成為哈維邁向成長的一段過渡期。

十九世紀末、二十世紀初美國的少年觀

一八六一年到一八六五年，美國人經歷了南北戰爭，日後逐漸形成對於當時美國男孩的兒童觀（當時社會對男女期待不同，女生尚未擁有投票權，上大學也備受限制，較無社會地位）。

英國作家吉卜林，先於一八九六年在雜誌上連載了《怒海餘生》長篇故事，再於一八九七年集結成冊出版，這本書是吉卜林唯一以美國做為場景的小說。二〇〇〇年起，美國逐漸開始探討當時數十年來的社會現象：美國男人的典範，來自於理想完美的男孩典型。理想男孩的特質在於，不能夠柔弱、懦弱、愚笨、不負責任、自視甚高，相反地必須努力工作、靈活應變、擁有掌握各種情況的能力，並具備正確的道德觀和純潔的心靈，而少年哈維正是當時最佳的男孩模範。

然而，吉卜林為英國作家，為什麼能掌握美國對男性少年要求的兒童觀？可能是由於他曾在一八八九年赴美旅遊，遊歷過紐約、波士頓等地，因此成為日後書寫《怒海餘生》的重要材料。除此之外，他還曾與當時著名的作家馬克・吐溫會面。那時，馬克・吐溫甫完成《頑童歷險記》等有關探討種族主義的系列小說，對於美國文化有精闢且深入的觀察。

《怒海餘生》相異於《頑童歷險記》描寫美國南方少年，以北方的工業文明，帶出有錢的北方頑童瀕死，因而見到重生希望，蛻變為美國理想男孩的過程。此書不僅有著類似馬克・吐溫作品中的頑童冒險型式，更充滿男孩從歷險中成為當時能力者的精采過程。然而不同型式的頑童樣貌，正好顯示了美國南方與北方經濟發展方式的不同，成為美國少年文化的代表小說之一。

跟隨「在這兒號」，探索海上生活

《怒海餘生》從一個新鮮人少年哈維的眼光，帶領讀者見識了百年前的海洋生態。作為一個「外人」的哈維，正猶如不明白大海的讀者，透過摸索遠洋捕魚行業的生態，成為真正的「內行人」。對於擁有資深經驗的打魚人來說，從一條魚可以看出海洋的訊息，就像小說中與哈維類似年紀的阿丹，他洞悉哈維的心情，

站在對方的立場給予關懷，並耐心地教導有關海上生活的常識。

哈維跟隨船長狄斯科，學習在海上與人和平共處，以及互助的道理，此外，他也明白了航海地圖、四分儀、重測錘可以探知海洋的訊息與方向，以及與各船員學習捕魚、海釣、魚種辨識、遠洋漁獲的處理，並從中聽聞海中生物的危險、海洋傳說和鬼故事。這些經歷使得哈維逐漸深入海洋文化，甚至可以駕馭漁船、操作風帆、了解每一條船帆上繩索的名稱與駕馭漁船的方法。

另外，書中描寫到漁船上的黑人廚師具有神祕的預測能力，一如西方人對黑人的刻板印象。一九○○年前後，是畢卡索等歐洲藝術家對非洲黑人宗教文化狂熱探索的年代。他們對黑人宗教儀式使用的奇特造型面具，以及具有神祕預測能力的黑人巫師感到相當著迷。因此，造就了一九○七年《亞維儂姑娘》畫作的誕生。表面上，黑人廚師如同美國黑奴的展現，但實際上，更接近作者身為歐洲人對於黑人神祕靈性文化的想像——一名預言家，以及船員的保護者。

目前台灣相當重視海洋生態的各項發展，包括能源與科技、海洋資源利用等。雖然《怒海餘生》的故事背景為距離我們相當遙遠的大西洋，然而書中描寫的海域幅員遼闊，因此仍可以作為兒童少年與成人，理解海洋文化知識的途徑。

小結：從仰賴家財萬貫到憑藉自己的真本事

　　西方近二十世紀，用煤驅動蒸氣或者石油作為燃料，開始了蓬勃發展的工業時代，馬和馬車逐漸為現代交通工具取代。《怒海餘生》見證這段歷史的轉折，並提出社會的主要中堅者應該具備的能力與品格。

　　哈維搭上漁船「在這兒號」後，一反在郵輪上的調皮搗蛋，成為活潑健康、目光清澈、口齒清晰、態度穩重的少年，以及未來讓美國社會驕傲的男人。他愛好海上生活，擁有實務經驗，並在父親老伽尼的鼓勵下到學校進修，成為老伽尼理想中的未來接班人。

　　老伽尼作為美國北方鐵路運輸大亨，進一步佈局新式輪船運輸行業，並企圖以現代化科技與技術，取代傳統漁船的作業方式。除此之外，他打算交由哈維管理，並讓阿丹協助輪船業務，因此時代的交替與世代的交替，就這樣在小說中完美展現。

　　配合十二年國民基本教育閱讀素養議題融入，大人們可以透過小說和孩子聊聊以下的問題：

　　一、主角哈維在小說中發生了哪些事件？

二、阿丹對哈維說：「從一條魚可以看出海洋的訊息」、「海裡到處都有暗號和徵兆，如果仔細體會，就能明白它們要傳遞的訊息。」你覺得這些話的含意是什麼？為什麼？

三、如果你是新水手哈維，你可能會向船長狄斯科提出哪些跟海、捕魚有關的問題？（請至少提出兩個）

四、如果你是船長的兒子阿丹，從小在傳統漁船「在這兒號」捕魚，你會接受父親狄斯科的提議，學習新式大輪船的知識嗎？為什麼？你贊成作者這樣的故事安排嗎？為什麼？

五、你喜歡這本書的哪些故事？不喜歡哪些情節？為什麼？請試著改編不喜歡的內容。

六、漁夫們在船上捕捉好多魚，請問有哪些魚種？他們用哪些方法捕魚？台灣周圍的海域，又有哪些魚種？（可以翻閱書籍，或者到魚市場親自查看唷！）

參考資料

＊《頑童歷險記》，目川文化出版。

第一章 貴公子落難

在北大西洋的濃霧裡，有一艘巨大的蒸氣郵輪，一邊不停鳴著汽笛，警告散布在四周的漁船避開，一邊隨著波浪起伏，搖搖擺擺地向前行駛。

「那個伽尼家的孩子真是一個麻煩精！」一個身穿粗布外套的人一面說著，一面砰地一聲關上吸菸室的門：「這裡根本就不是他該待的地方。」

有個滿頭白髮的德國人拿起一塊三明治，嘟嚷著：「唉唷，我早就和你說過了，美國到處都是這種人！」

「那孩子告訴我，他每個月都有兩百美元的零用錢呢！真是太誇張了，他還未滿十六歲啊！」蜷縮在角落的費城人說。

「他父親似乎從事和鐵路有關的職業？」德國佬問。

「沒錯。除了鐵路之外，還有礦場、林場和運輸公司呢！據說，老伽尼在聖

地牙哥和洛杉磯各蓋了一棟房子，供家人旅遊時居住。全美國的鐵路和太平洋沿岸的森林，幾乎有一半都歸他所有。」費城人懶洋洋地回答。

「他都不管教兒子嗎？」那名身穿粗布外套的人問。

「老伽尼嘴上說忙著賺錢，依我看，他是不想自討苦吃罷了。過不了幾年，他肯定會為自己的行為付出慘痛的代價。」

忽然間，吸菸室的門被推開，一個少年走了進來。他看起來大約十五歲，嘴角叼著半截香菸，膚色白裡透黃，神情有一點吊兒郎當。少年穿著櫻桃紅色的西裝和燈籠褲，腳上穿著紅襪子和黑皮鞋。

他看了看室內的人，然後吹了一聲口哨，大聲地說：「外面那些漁船真吵！我們何必鳴汽笛警告他們？反正撞上了，那個人也只能自認倒楣啊！」

「哈維，把門關上，這裡不是小孩該來的地方。」費城人說。

「誰敢管我？」哈維囂張地說：「馬丁先生，難道是你替我買了船票嗎？我想，我應該有權和其他人一起待在這裡。」

他說完後猛吸了一口菸，身體斜倚著牆壁。緊接著，他炫耀似地掏出一疊鈔票，清點著剩下的零用錢。

「你母親還好嗎？我今天沒看見她吃午餐。」有人問。

「她很容易暈船，現在應該還在頭等艙裡休息吧！等會兒，我打算請個臨時看護照料她。呸！我的菸抽完了，誰有真正的土耳其雪茄？我可不抽船上賣的劣等便宜貨。」

德國佬一聽，臉上立刻閃過不懷好意的笑容。他打開菸盒，從裡面抽出一根黑色的菸遞給哈維，說：「小傢伙，這是一種特別的雪茄，你要不要試試？我敢保證你一定會覺得很過癮的。」

「好呀！」哈維裝作大人的模樣接過雪茄，立刻點火。他覺得自己彷彿融入了成年人的社交圈，殊不知那名德國佬給他的其實是一根廉價的菸。

過了不久，哈維劇烈地咳了起來，臉色瞬間變得脹紅，眼眶飽含淚水。

「小傢伙，你喜歡我的雪茄嗎？」德國佬故意問他。

「不錯，真是夠勁！」哈維逞強地說完後，把頭轉向門口：「我們的船是不是慢下來了？我去甲板上看看。」

他跌跌撞撞地經過濕滑的甲板，朝附近的欄杆走去。他感到頭暈腦脹，想待在那裡休息片刻，卻看見一位曾聽自己誇下海口說絕不暈船的服務生，正在那裡擦拭座椅。無奈之下，他只好轉身走向空無一人的船尾。

哈維痛苦地彎下腰，將身體靠在欄杆上。船尾槳葉發出來的刺耳聲響、海面上不停翻滾的浪花，以及劣質雪茄的菸味，讓他感到頭暈目眩、身體輕飄飄的。

忽然間，船身顛了一下，哈維一個重心不穩，就這樣跌入海裡了。

過了一會兒，哈維迷迷糊糊地聽到了一陣號角聲，讓他感覺彷彿回到了之前在阿第倫達克參加的夏令營。漸漸地，他恢復記憶了。他是哈維‧伽尼，剛才不小心掉進海裡了。

接著，他聞到一股怪味，而且覺得渾身黏答答，又濕又冷。他睜開雙眼，發現自己正躺在一堆死魚中間，四周的海浪綿延起伏，猶如一片銀白色的山丘。哈

維轉動了一下眼珠，看見他的前方坐著一個身穿藍色針織衫的男人。

哈維呻吟了一聲，那個人立刻回過頭來。他有一頭烏黑的鬈髮，右耳上戴著小小的金耳環。

「唉唷！你現在覺得好點了嗎？」那人說：「你好好躺著吧，這樣我比較好划船。」

穿藍色針織衫的男人敏捷地輕輕一划，將小船調轉方向，朝迎面而來的一個大浪划去。小船被抬到大約六公尺高的浪頭上，然後又溜向平靜的海面。

「你怎麼會從船上掉下來？」男人問。

「我暈船了。」哈維說。

「原來如此，我在吹號角的時候，恰巧看見你搭乘的那艘船偏離了航道，接著你就掉下來了。當下我還以為你會被槳葉砍成肉泥呢！沒想到你又浮了起來，然後就朝我這裡緩緩漂過來。」

「我在哪裡？」哈維問，他看不出來自己現在躺的地方有多安全。

「你和我待在同一艘平底船裡。我叫做曼紐爾，是從雙桅帆船『在這兒號』下來捕魚的，我們待會兒就要回去吃晚餐囉！」

曼紐爾說完，立刻拿起一個大號角，站在平底船上吹了起來。他的身體隨著海浪擺動，刺耳的聲響穿過海上的濃霧，朝遠處飄去。

哈維不記得這番吹奏究竟持續了多久，只知道自己被小船外的驚濤駭浪嚇得不敢動彈。他彷彿聽到了槍聲、號角聲和叫喊聲。隨後，有個比這艘船更大的東西靠了過來，伴隨著許多人同時說話的聲音。接著，他掉進一個顛簸的黑洞裡，身旁有些穿著油布雨衣的人。他們給了他一杯熱飲、脫下他的衣服，然後他就沉沉地睡著了。

哈維醒來的時候，聽見船上的早餐鈴聲。他朝四周張望，心裡納悶著頭等艙怎麼變得這麼小？他翻了個身，看見一盞掛在橫梁上的油燈，以及被燈光照亮的船艙。船艙呈現三角形，空間十分狹窄，中間放著一張小桌子。

桌子盡頭的另一端有一個舊油爐，那裡坐著一位和他年紀相仿的男孩。他的雙頰圓潤、臉色紅潤，有著一雙明亮的灰眼睛。他穿著藍色針織衫和橡膠長靴，服裝和救了他一命的曼紐爾有些類似。

船艙裡充斥著難聞的氣味，似乎是霉味混合著炸魚味、油漆味、胡椒味、菸草味和油布雨衣特有的味道。而這些氣味又和揮之不去的船艙味和鹽水味摻雜在一起，綜合成一個全新的古怪味道。

哈維厭惡地看著他那張僅鋪著亞麻被套的床鋪，上面有著一塊一塊的汙漬。

接著，他感覺到這艘船與蒸氣郵輪的移動方式大不相同，它既不是輕快地在海上滑行，也不是微微地順著海浪搖擺，而是像一匹脫韁的野馬似地蹦蹦跳跳，漫無目的地朝前方直直衝去。海水的喧鬧聲迴盪在耳邊，船梁也不斷吱嘎作響。這一

切都叫哈維心煩意亂。

「你覺得好點了嗎？」那個男孩微笑著說：「喝點咖啡吧！」

他說完後，拿了一杯加了糖的咖啡走過來。

「我已經把你的衣服烘乾了，不過恐怕有點縮水。」男孩說：「你轉個身，讓我看看你有沒有哪裡受傷。」

哈維讓男孩檢查了一遍，結果一點兒傷口也沒看到。

「太好了。」男孩熱情地說：「你趕緊穿好衣服到甲板上去，我父親要和你談談。我是他的兒子，大家都叫我阿丹。」

哈維這輩子從來沒順從過別人的命令，就算有，那人至少也得含著眼淚，一再向他解釋為什麼要聽話，以及服從命令的好處後，他才肯甘願就範。伽尼夫人大概就是因為這樣，才會弄得差點精神崩潰。

現在，哈維實在看不出有什麼理由必須讓他快點出去，於是不屑一顧地說：

「要是你的父親急著找我談話，那就讓他到下面來。另外，我要他馬上送我回紐

約，我會給他豐厚的報酬。」

阿丹聽了這番話，驚訝地瞪大雙眼，連忙大聲喊道：「爸爸！他說要是您那麼急，就自己下來見他。您聽到了嗎？」

過了一會兒，上面傳來一個低沉的聲音，說：「別胡鬧了！阿丹，馬上把他帶上來！」

阿丹暗自竊笑，立刻把皮鞋扔給哈維。甲板上傳來的那個聲音有種神奇的魔力，讓哈維壓抑住了內心的怒火。他心想，反正待會兒上去說出自己的身世，對方肯定會嚇得目瞪口呆，連忙聽從自己的吩咐。況且，日後他只要告訴朋友們這件事情，他們絕對會把他視為大英雄。

於是，他沿著梯子爬上甲板，跌跌撞撞地走向船尾。他越過了幾處障礙物之後，才順利來到一個身材精實、鬍子刮得很乾淨的男人面前。男人剛毅的臉孔上，有著兩道灰色的眉毛。

「小傢伙，早安！噢，或許該說午安了，因為你昏睡了一整天。」那人說。

「早安。」哈維說。

他不喜歡別人叫他「小傢伙」，而且落水的他，內心還盼望著能夠獲得一點同情。要是在家裡，他的腳只要稍微沾了點水，母親就會焦急萬分。不過，眼前的男人似乎對他落水這件事一點也不關心。

「現在，我要聽聽你掉進海裡的經過。你叫什麼名字？來自哪個地方？你要到哪裡去？」

哈維把自己的姓名、蒸氣郵輪的名字和事故的經過告訴了男人。接著，他要求對方立即送他回紐約，還說自己的父親一定會重重地犒賞他。

「哼！」男人聽完哈維說的話之後，仍舊不為所動地說：「不管大人還是小孩，在這種風平浪靜的天氣從船上掉下來，都是非常奇怪的事情。況且，你還以暈船作為藉口。」

「藉口？」哈維大叫：「你以為我是為了好玩，所以才故意掉進海裡，然後被你們救上這艘破船嗎？」

「我不知道你究竟在打什麼主意，小傢伙。不過換作是我，絕對不會像你那樣看不起這艘救了你一命的船。還有，你那番話真是傷透了我的自尊心，因為我是這艘「在這兒號」的船長狄斯科！」

「我不在乎！」哈維不屑地說：「你們救了我，我當然非常感激。不過，我希望你明白，你愈早送我回紐約，你得到的報酬就會愈多。」

哈維把手插進口袋，抬頭挺胸，得意洋洋地繼續說：「你把我從大海裡救上來，絕對是你這輩子做得最好的一件事情，要知道，我可是約翰‧伽尼的寶貝獨生子！」

「他被寵壞了。」狄斯科冷冷地說。

「如果你不知道約翰‧伽尼是誰，簡直就是孤陋寡聞！好了，現在趕緊掉轉船頭，朝紐約前進吧！」

「我不會去紐約。至於你父親，我很抱歉，我從來沒聽說過。照你的說法，他也許會給我十美元，不過說不定連一毛錢也不給。」

「十美元？真是太瞧不起人了！你看我這裡！」哈維把手伸進口袋，試圖拿出原本放在裡面的一卷鈔票，沒想到最後只掏出了一包潮濕的雪茄。

「小傢伙，那可不是國家發行的錢幣，而且對肺臟也不好，你還是把它扔了吧！趕快再重新找找。」

「我的一百三十四美元被人偷走了！」哈維焦急地大喊。

狄斯科瞪大雙眼，驚訝地問：「小傢伙，你才多大的年紀，身上帶著一百三十四美元要做什麼？」

「那是我的零用錢。」哈維喪氣地說。

「唉，我真替你感到難過。我看，我們就別再提錢的事情了吧。」狄斯科安慰他。

「你偷了我的錢，當然不願意再提了！」哈維氣急敗壞地說。

「隨便你怎麼說。要是你這麼講心裡能痛快一點，你就繼續吧！至於啟程返航，我實在辦不到，因為「在這兒號」的船員都必須為了生計出海捕魚。我們一

個月賺不到五十美元，更別提零用錢了。運氣好的話，我們大約可以在九月的第

一個星期靠岸。」

「可是，現在才五月！我不能因為你們要捕魚，就待在船上什麼也不做呀！

我絕對辦不到！」

「我沒說你什麼事也不用做。」狄斯科冷冷地說：「雖然你沒吃過苦，但肯

定還是有你能應付的工作。」

「等靠岸之後，我絕對會讓你們吃不完兜著走！」哈維一邊咒罵，一邊惡狠

狠地瞪著狄斯科。

「好了，我沒時間聽你說那些廢話。現在，睜大你的雙眼，好好去幫阿丹幹

活吧！只要你努力工作，我就每個月給你十塊美金。至於你的父母親和你那數不

清的財產，就等以後再說吧！」

「你是說我得洗碗？」哈維不敢置信地大叫。

「沒錯，而且還得做別的工作！」

「我才不要！我父親給我的錢，足以買下你的這艘破船了，我為什麼要在這裡替你做事？只要你將我平安地送回紐約，就能得到豐厚的報酬。還有，不管你怎麼說，你就是偷了我的一百三十四美元！」

哈維跺著腳說。

狄斯科默默地抬頭盯著主桅杆，彷彿在思考該如何解決眼前棘手的難題。哈維則在一旁喋喋不休，大吵大鬧。

這時，阿丹偷偷溜過來，架著哈維的胳膊，苦口婆心地說：「別再吵了，

從來沒有人敢那樣汙蔑他啊！」

過了一會兒，狄斯科將視線移到哈維身上，緩緩開口：「小傢伙，如今你既然在這艘船上，就得聽從我的命令。每個月薪水十塊美金，外加免費食宿，你要不要做？」

「不要！」哈維大叫：「送我回紐約，否則我⋯⋯」

他不清楚接下來發生了什麼事，只記得後來自己躺在甲板上，摀著流血的鼻子。狄斯科站在他的身旁，冷冷地看著他。

「阿丹，我第一次看見這個小傢伙的時候，以為他是個懂事的孩子，沒想到我竟然錯看他了。你要記住，千萬別像我一樣，用第一印象判斷這個人的好壞。唉，我不得不打他，他實在太無理取鬧了！我想，他剛才說的那些話全都是騙人的，我差點就掉進了他的陷阱。好了，你去替他包紮傷口吧！」

狄斯科嚴肅地走進船艙，留下阿丹安慰那位家財萬貫的富家少爺。

第二章 「在這兒號」

「我警告過你了。」阿丹說：「我父親平時的個性沒那麼急躁，這全都是你自找的。」

哈維的肩膀不停上下起伏，眼淚滴到了甲板上。

「唉，我懂得這個滋味。我第一次出海時，父親就因為我不守規矩將我打倒在地。那時候，我的內心覺得既孤單又難受。」阿丹心有戚戚焉地說。

「真的很不好受。」哈維坐直身子，擦了擦鼻子，然後把那卷鈔票不翼而飛的事情告訴阿丹。

「哇！你父親究竟從哪裡賺來那麼多錢呢？」

「主要是西部金礦和鐵路，但好像還有一些其他生意。」

「噢，我曾在書上讀過關於西部的事！難道你的父親也像書裡描述的那樣騎

著快馬，手裡握著槍，奔馳在原野上嗎？據說，西部是個荒涼的地方，那裡的馬靴和靴刺都是用銀製成的。」

「你真是個鄉巴佬！」哈維大笑著說：「我父親才不用快馬呢！他出門做生意的時候，都是搭乘專車。」

「什麼是專車？」

「就是他的私人列車。你應該有見過豪華火車的車廂吧？」

「斯拉丁・比曼有一輛私人列車，」阿丹煞有其事地說：「我曾在波士頓的聯合車庫裡見過。聽說，長島市的鐵路幾乎都歸他所有，還有謠言說他買了新罕布夏州的一半土地，並圍了一道牆，圈養許多凶猛的野獸。斯拉丁・比曼是名貨真價實的百萬富翁啊！」

「這麼說來，我父親就是人家口中的千萬富翁了。」哈維驕傲地說：「他有兩輛私人列車，一輛以我的名字命名，叫做『哈維號』，另一輛叫做『康絲坦絲號』，是用我母親的名字取的。」

「等等，」阿丹打斷他的話，說：「你能發誓你剛才說的都是真的嗎？」

「當然可以。」

「這還不夠，你一定得親口說出來才行。你必須說：『要是我撒謊，就會不得好死。』」

「好吧。」哈維苦笑著說：「要是我說出來的任何一個字不是實話，我馬上就會遭到天打雷劈。」

阿丹是個聰明伶俐的孩子，況且孩子們對於發誓都看得很嚴重。因此，當他看見哈維在一連串的盤問後仍然好端端地坐在甲板上，便不再有疑心了。

「我的天啊！」阿丹聽完哈維對於豪華車廂的描述後，不禁打從心底發出了一聲驚嘆。

「你相信我囉？」哈維開心地問。

「沒錯。不過老實說，我真不想和你打交道，因為你把「在這兒號」的船員當成了小偷。我告訴你，我們雖然沒有西裝筆挺，但也不是會做出那種事情的齷

齪小人！大家一起出海捕魚六年了，所以都知道彼此的為人，我希望你不要隨便誣賴他們。還有，一直和你待在船上的只有我和我父親，而且我替你烘乾衣服的時候，根本沒有翻動口袋。」

「好吧，我早該想到那些錢或許是在我跌入海裡時弄丟了。」哈維困窘地盯著地板，自言自語地說。

沉默了一會兒後，哈維問：「你父親在哪裡？」

「船艙裡，你找他做什麼？」

「等會兒你就知道了。」哈維說完後站起身，搖搖晃晃地朝船艙走去。

狄斯科坐在裡面，拿著一支粗粗的黑鉛筆，一會兒在筆記本上寫來寫去，一會兒又停下來咬著筆頭思考，看起來非常忙碌。

哈維扭扭捏捏地走進去，緩緩地說：「先生，我很抱歉，我不該隨便誣賴您偷了我的錢。」

狄斯科聽完後，慢慢站起身，然後伸出大手摸摸哈維的頭，說：「我本來就

覺得你是個本性不壞的孩子，而你現在的行為也證明了我的想法是對的。在你和我們分道揚鑣之前，還有許多時間能夠了解彼此。小傢伙，過去的事情就算了，我不會記在心裡。好了，快去替阿丹幹活吧！」

哈維回到甲板上後，阿丹立刻對他說：「我聽到你和我父親的談話了。每當他說不會記仇的時候，就表示他心軟了。我很高興這件事就這樣圓滿結束。噢，再過半小時，出去打魚的人就要回來了。」

「回來做什麼？」哈維問。

「當然是吃晚餐啦！難道你的肚子還不餓嗎？」

「有一點，不過我們什麼時候返航？」哈維一邊說，一邊黯然地望著頭頂上的繩索和滑輪。

「你就耐心等待吧！等到我們把船上的鹽用光，就是主帆順著風往家鄉航行的時候了。不過在那之前，我們得先努力幹活。」阿丹向下指著前後桅中間一個黑漆漆的地方，那是一個露天的主艙。

「那是做什麼用的？裡面什麼也沒有。」哈維問。

「我們得負責用魚把它填滿。」阿丹興致勃勃地說：「那裡就是存放魚堆的地方。」

「活魚？」

「不是啦！是抹了鹽的死魚。後面的儲藏室裡有一百多桶鹽，足以用來處理即將填滿主艙的死魚們。」

「可是，魚在哪裡呢？」

「當然在海裡啦！噢，捕魚的人回來了！」阿丹朝波光粼粼的海面望去，五艘平底船正朝「在這兒號」緩緩划來。

夕陽將海面渲染成漂亮的紫色和粉紅色，桀敖不馴的海浪也撒上了一層淡淡的金黃色，簡直叫人心醉神迷。放眼望去，每艘大漁船彷彿都正在用一條隱形的線，將隸屬於它的平底船緩緩拉回身邊。那些正在划船的人則像傀儡玩偶似地，忽前忽後的模樣就像是在與那條看不見的線抗衡。

「看來大家的收穫不錯嘛!」阿丹瞇著眼睛說:「曼紐爾的船塞得滿滿的,連一條魚也放不下啦!」

「哪一個是曼紐爾?我不明白,你怎麼能在那麼遠的距離之下認出來。」哈維不解地說。

「他就坐在南邊那艘船上,昨晚你就是被他救上來的。」阿丹用手指了指小船,然後說:「曼紐爾划船的姿勢和葡萄牙人一樣,所以非常好辨認;在他東邊的人是賓斯法尼亞,他的划船技術不高明;再靠東邊一點的那個人是賈隆,他的肩膀厚實,動作相當俐落。

「在北邊的是普拉德，再等一會兒，你就可以聽到他的歌聲了。據他說，他曾參加南北戰爭，並在『俄亥俄號』戰艦上當過水手。那艘船是第一個繞過合恩角的軍艦。除了打魚之外，他整天都在說這些豐功偉業。不過，他捕魚的運氣倒是不錯。

「喂，你看見普拉德身後的那艘藍色平底船了嗎？那是我父親的弟弟索爾特叔叔，他的運氣很糟，經常碰到倒楣事。你看，他划船的動作有多麼輕柔。我拿我所有的工錢來和你打賭，他今天肯定被螫得滿身是包。」

「什麼東西會螫他？」哈維好奇地問。

「大多是『海草莓』，也可能是『海南瓜』、『海檸檬』或『海黃瓜』之類的東西。這些都是生活在大海裡的有毒單細胞生物。從他划槳的樣子看來，他手肘以下的地方都被螫傷了。現在我們要把滑車上的吊索放下去，準備把他們拉上來。你剛才說你從出生到現在都沒有工作過，那是真的嗎？」

「對，但是不提那些了，我打算從現在開始學習。」哈維斬釘截鐵地說：「我

喜歡新鮮有趣的事。」

「那麼，把滑車上的繩索拉下來。就是你後面那個！」

哈維拉下一條被主桅索懸在半空中的帶鉤滑車，阿丹也拉下另一個被吊索套著的帶鉤滑車。他們才剛準備好，曼紐爾的平底船就抵達了船邊。這位葡萄牙人露出燦爛的笑容，用魚叉把魚扔進船上的大木桶裡。

「把滑車給他。」阿丹說。

哈維趕緊將帶鉤的滑車遞給曼紐爾。只見曼紐爾一手把它掛在平底船船頭的繩圈裡，一手接過阿丹的滑車，勾住船尾的繩環，然後輕而易舉地爬上了大船。

「拉！」阿丹大喊。

哈維原本以為小船應該很重，於是使勁地拉，沒想到曼紐爾的平底船竟然一下子就被拉了上來，完全不費吹灰之力。

「別鬆手，小船還沒抵達它的家！」阿丹笑著說。

哈維緊張地抓著繩索，抬頭看向正懸在他頭頂上方的小漁船。

「把頭低下來!」阿丹又大叫一聲。

哈維立刻照做。同時,阿丹用一隻手扶著那艘輕巧的小船,讓它輕輕地落在主桅後面的甲板上。

「小船空空如也的時候很輕,沒什麼重量,就算一個人也能輕輕鬆鬆地把它收好。不過到了海上,就完全不是這麼一回事了。」阿丹告訴哈維。

「啊哈!」曼紐爾伸出一隻手,笑著說:「你現在看起來好多了!昨天我才把你像魚一樣撈上來,今天換成你捉魚啦!」

「我非常感激……」哈維結結巴巴地說著,手不由自主地伸進口袋裡,想拿錢犒賞他。可是,當他想起自己已經身無分文後,立刻感到非常難為情。他臉頰發燙,把原本想說的話吞了回去。

「用不著謝我!」曼紐爾開朗地說:「我怎麼能眼睜睜地看著你在大海上,漫無目的地漂來漂去呢?」

他說完後,伸了個懶腰,活絡僵硬的筋骨。

這時，賈隆的船也靠過來了，一條一條的魚接二連三地飛進大木桶裡。

「曼紐爾，你拿著滑輪把他拉上來，我得去架起工作桌了。哈維，你趕緊打掃曼紐爾的船，賈隆的船得放在它上面。」

哈維立刻埋頭苦幹，當他抬頭擦汗時，正好看見另一艘平底船正懸在他的頭頂上。

「小夥子，學得很快嘛！」賈隆說。

賈隆的下巴留著灰白的鬍子，嘴巴非常大，講話粗聲粗氣。他扭動著腰部，像紐爾剛才那樣伸展筋骨。

接著，又有一艘平底船靠了過來，更多的魚飛進了大木桶裡。

「兩百零三條！讓我來瞧瞧新乘客！」說話的人比賈隆還要高大，臉上有一道青紫色的傷疤，從左眼斜斜地延伸到右嘴角，模樣有點嚇人。

哈維不知道該如何回應他，於是一看到小船放下來，立刻跳進去，一語不發地埋頭苦擦起來。

這時，阿丹搬著一張長桌擠進人群，大聲喊道：「普拉德，讓開！我要擺放等下破魚要用的桌子！」

過了不久，大船旁邊傳來一個微弱的聲音：「我覺得是四十二條……」

接著，另一個聲音回答：「這麼說，我的運氣變好了！雖然我還是被海草螫得不成人形。」

「那是賓斯法尼亞和索爾特叔叔在數魚，他們天天都上演這齣戲碼，簡直比馬戲團的表演還要滑稽。

「你們兩個，快把船靠過來！」賈隆大吼。

「索爾特，快把魚扔上來！」狄斯科也忍不住說。

就在賓斯法尼亞慢吞吞地叉魚時，曼紐爾輕輕推了一下阿丹。聰明的男孩立刻明白他的意思，立刻奔向身後的滑車，然後探出上半身，將掛鉤勾在賓斯法尼亞平底船船尾的繩環裡；同時曼紐爾也俐落地將掛鉤勾在船頭，大家用力一拉，終於連船帶魚地把賓斯法尼亞的船拉了上來。

「一、二、三⋯⋯四十七。」普拉德熟練地數完魚後，對賓斯法尼亞說：「不錯嘛！」

阿丹鬆開船尾的掛鉤，將賓斯法尼亞輕輕地從小船倒了出來。

「等等！我忘記剛才數到哪了⋯⋯」索爾特叔叔一邊扭動上半身，一邊朝船上的人大叫。

不過，大家沒等他說完，就如法炮製將他拉上了大船。

「四十一條。」普拉德說：「你的成績最差。」

「不公平！難道你沒看見我被螫得有多麼慘嗎？」索爾特叔叔一邊說，一邊跌跌撞撞地從魚堆裡走出來，兩隻手臂腫脹發紅。

「吃飯囉！」前艙裡傳來一個哈維沒聽過的聲音。

狄斯科、普拉德、賈隆和索爾特叔叔一聽見，立刻向前走去；賓斯法尼亞彎著腰，正在努力收拾纏成一團的魚線；曼紐爾伸直手腳，悠閒地躺在甲板上；阿丹跳進艙底，哈維聽見他用槌子敲木桶的聲音。

阿丹爬上甲板後，告訴哈維：「我剛才在弄鹽，因為待會兒吃飽飯後，馬上就要把魚醃漬起來。你負責把魚扔給我父親，普拉德和他會把魚撒上鹽。他們倆在工作時經常意見不合，待會兒你就能聽到他們爭論不休的聲音了。對了，船上的規矩是年紀大的長輩吃完後，才輪到年輕力壯的小夥子用餐，所以你、我、曼紐爾和賓斯法尼亞得先在這裡等一等。」

等年紀大的那批人吃飽飯回到甲板上時，月亮已高掛在天空。阿丹和曼紐爾沒等廚師大喊，就已經跑進了船艙。他們來到飯桌前時，普拉德才剛吃飽，並用手背滿足地擦了擦嘴。

哈維跟著賓斯法尼亞坐下，他的眼前擺著一個大盆子，裡面是由鱈魚舌、鱈魚鰾、碎豬肉和炸番茄混合而成的料理。盆子旁邊有一條烤過的麵包，以及幾杯味道濃郁的黑咖啡。大家耐著性子等待虔誠的賓斯法尼亞禱告完後，才開始一語不發地狼吞虎嚥起來。

廚師是個身材魁梧、皮膚黝黑的黑人。在大家用餐的期間，他只是面露親切

的微笑，並用手勢示意他們再多吃一點。

「他不會說話嗎？」哈維壓低聲音問。

「他不是啞巴，只是很少開口說話罷了，我們也不清楚是怎麼一回事。他來自加拿大的布雷頓角島，那裡現在還是英國的屬地，所以居民們都說蘇格蘭語。不過，他們的語言聽起來有些古怪。」

「那不是蘇格蘭語。」賓斯法尼亞說：「他們說的是蘇格蘭高地的蓋爾語，這是我從一本書上看到的。」

「賓斯法尼亞飽覽群書，他說的話大多都是對的。當然，除了數魚的時候，對吧？」阿丹笑著說。

「你父親從來不檢查數量，任由大家自行報數嗎？」哈維問。

「為什麼要檢查？一個人為了幾條鱈魚說謊，那有什麼意思？」

「可是，就有人做過這種事。」曼紐爾說：「後來他就撒謊成性了。起初謊報五條，接著就多說了十條，根本沒完沒了。」

「那個人在哪裡？」阿丹說：「我們的人絕對不會這麼做。」

「『安圭爾角號』上的法國人。」

「噢，那些住在西岸的法國人根本就不會算術！哈維，哪天你要是碰到他們的軟魚鉤，你就明白了。」阿丹鄙夷地說。

「喂，你們還沒吃飽嗎？」賈隆對著船艙內大吼。

第二批用餐的人一聽，立刻連滾帶爬地回到甲板。

在月光的照耀下，主桅杆、繩索和那從不捲起的三角帆的影子，搖曳地投射在顛簸的甲板上。船尾的魚堆積如山，彷彿銀子般閃閃發光。儲藏室內響起狄斯科和普拉德來回走動的腳步聲，和搬動鹽桶的轟隆聲。阿丹遞給哈維一把魚叉，並領他到桌子的另一端。在那裡，索爾特叔叔正不耐煩地用刀柄敲打桌面，他的腳邊放著一盆海水。

「哈維，你負責把魚扔給我父親和普拉德，他們就在下面的儲藏室裡。你要小心，別被索爾特叔叔的刀劃傷了。」阿丹說完後走進儲藏室，準備替狄斯科和

普拉德遞鹽巴。

賓斯法尼亞和曼紐爾站在堆滿魚的大木桶裡，揮舞著刀子；賈隆站在桌旁，面對著索爾特叔叔，腳邊有個竹簍，他正忙著戴手套；哈維茫然地看著手裡的魚，又和地上的水盆，對接下來的事毫無頭緒。

「嘿！」曼紐爾高喊一聲，彎下腰，一個手指頭勾住魚鰓，另一個手指頭掐著魚眼，把一條魚提了起來。他把魚放在木桶的邊緣，用亮晃晃的刀子從魚頭剖到魚尾，並在兩旁的魚鰓各補上一刀，然後順手丟到賈隆的腳邊。

「嘿！」賈隆大吼一聲，用戴著手套的雙手往魚肚裡一挖，把鱈魚的肝臟扔進竹簍裡。他又用力一挖，魚頭和內臟就飛到了一邊，掏空的鱈魚就這樣被丟到了索爾特叔叔的面前。

索爾特叔叔打了個噴嚏後，立刻用刀子割開另一邊的魚身，把魚脊骨扔出船舷，然後把一條既沒有頭，也沒有內臟的鱈魚丟進水盆裡。哈維站在一旁張大嘴巴，看得出神，正好喝了一大口濺起來的海水。

在第一聲喊叫過後，大家都安靜了下來，只見一條條的鱈魚接二連三地從每個人的眼前飛過。哈維從來沒見過這種情景，不禁呆愣在原地。轉眼間，他腳邊的水盆已經裝滿了一堆魚。

「快叉魚！」索爾特叔叔頭也不回地大叫。

哈維連忙握緊叉子，將兩、三條魚叉起來，往儲藏室扔。

「喂，別亂丟！」阿丹大聲說：「索爾特叔叔雖然捕魚的技術不好，但破魚可是一流的，你得和他學學！」

阿丹說得沒錯，身材圓滾滾的索爾特叔叔動作俐落，破魚對他來說彷彿翻書一樣容易。曼紐爾彎著腰，上半身彷彿雕像似地一動也不動，不過那兩隻抓魚的手一刻也沒停過。賓斯法尼亞雖然也全心地投入工作，但顯然他有些力不從心。

有時候，曼紐爾會抽空來幫他一把，才不會使大家的工作中斷。

有一次，曼紐爾的手指不小心被法式魚鉤纏住，不禁大叫了一聲。這種魚鉤是用軟金屬製成的，使用後可以再重複利用。雖然漁夫用這種魚鉤能夠輕鬆地將

捕捉到的魚取下，但也很容易令到手的獵物溜走，這也是大多數的漁夫都瞧不起法國人的原因。

下面的儲藏室裡，傳來一陣粗鹽擦在魚身上的沙沙聲。在這種聲音裡，又交織著剖魚的茲茲聲、魚頭落地聲和魚肝臟掉進竹簍裡的撲通聲。索爾特叔叔去魚骨的喀啦聲和魚身扔到盆子裡的水聲，與前面的聲音融合在一起，形成一種奇特的交響樂。

連續工作了一個小時後，哈維累得腰酸背痛，因為新鮮濕滑的鱈魚重得超乎想像。他真想一屁股坐在地上，好好休息一會兒，然而他想到這是他生平第一次參與勞動，而且還是和經驗豐富的長輩們一起工作，內心不由得感到自豪，於是勉強繼續咬牙撐下去。

「停！」索爾特叔叔大喊一聲，大家立刻放下了手邊的工作。

賓斯法尼亞彎下腰，在魚堆裡喘著氣；曼紐爾扭動著骨盆，活絡筋骨；賈隆將身體靠在船舷上，轉動著手腕。就在這時，廚師悄悄地走過來，收集了一大堆

魚骨頭後，又默默地離開了。

「拿水來！」狄斯科說。

「哈維，水桶在前面的甲板上，水勺在桶子旁邊，快去拿過來！」阿丹大聲指揮。

不到一分鐘，哈維便舀了一大勺的水走過來。雖然水的顏色暗沉，看起來不怎麼乾淨，但是味道卻出奇地甜。

「嘿！」隨著曼紐爾的吼聲，大家又開始繼續工作了。這一次，大夥兒一鼓作氣地將木桶裡的魚全部清空之後才休息。

處理完最後一條鱈魚的那一刻，狄斯科就和索爾特叔叔一起走進了船艙；同時，曼紐爾和賈隆走向前面的甲板；普拉德關上儲藏室的門之後，立刻跑得不見蹤影。不到半分鐘，哈維就聽到船艙內傳來響亮的打呼聲。他茫然地看著阿丹和賓斯法尼亞，不知道接下來該做什麼才好。

「阿丹，我這次的表現似乎比上次好，不過我覺得自己應該和你們一起打掃

環境。」賓斯法尼亞說，他睏得連眼皮都睜不開了。

「唉呀，你還是去睡覺吧！」阿丹苦笑著說：「哈維，你去提一桶水過來。

噢，賓斯法尼亞，你能在睡覺前幫我把這些殘渣丟到桶子裡嗎？」

賓斯法尼亞抬起沉甸甸的竹簍，把魚的內臟統統倒進一個桶子裡。他完成阿

丹吩咐的任務後，就搖搖晃晃地走進船艙內了。

「按照『在這兒號』的規矩，魚破好後由男孩們負責打掃。如果遇到風平浪

靜的日子，也是由男孩們執行第一輪守夜的工作。」阿丹用力地沖洗原本堆滿鱈

魚的大木桶，並把桌子搬到月光下晾乾，再用一塊麻絮將刀子上的血跡擦乾淨，

然後把刀放在磨刀石上磨利。

哈維則在阿丹的指點下，將桶子裡的魚內臟倒進海裡。忽然間，一個白色的

怪物探出水面，發出一陣淒厲的叫聲。哈維嚇得倒退好幾步，渾身發抖，一旁的

阿丹見狀，忍不住笑了出來。

「那是虎鯨，牠是來要魚頭的。」阿丹解釋：「牠們餓昏頭的時候，就會像

剛才那樣衝出水面。」

這個巨大的生物潛入水裡之後，一股刺鼻的魚腥味瞬間瀰漫在空氣中，海面上還冒著油膩的泡沫。

「你從來沒見過虎鯨嗎？回家前，你還會看到好幾次呢！噢，船上多了一個男孩和我作伴，真是太好了！喂，你想睡了嗎？」

「睏得要命。」哈維睡眼惺忪地說。

「值班的時候絕對不能睡覺！打起精神，我們去看看油燈夠不夠亮。哈維，現在還是上班時間。」

「唉唷，現在能有什麼危險啊！」

「我父親說意外常常說發生就發生，難以預料。尤其人們容易在風平浪靜的時候掉以輕心，說不定我們的船就在你打瞌睡時，被蒸氣郵輪撞成兩截了呢！而且事故發生後，郵輪上的高傲船員還會耍賴說是因為你的燈不夠亮，導致他們看不清楚。哈維，如果你再打瞌睡，我就要生氣囉！」

哈維哀求阿丹讓他先睡一會兒，可是原本待他和氣的男孩卻怎麼也不答應。

最後，哈維哭了起來，阿丹仍舊苦口婆心地告訴他守夜的好處。過了一陣子，十點的鐘聲響了。第十下的鐘聲還沒敲完，賓斯法尼亞就來到了甲板上。他發現兩個孩子相互依偎著躺在主艙門旁，睡得不醒人事，於是連抱帶拖地將他們弄進船艙，放到各自的床鋪上。

第三章 學習航海技術

哈維一覺到天亮，半夜完全沒有醒來。起床後，他的心裡有一種難以言喻的舒暢，彷彿眼睛變得明亮，思慮特別清晰，胃口也比平時好了。他吃完一大盤美味的鮮汁魚塊，那是廚師用昨晚的剩餘碎魚肉做成的。

大人們都已經吃飽飯，出海捕魚去了。男孩們將飯桌上的餐具洗乾淨、把午餐要吃的豬肉切好、將油燈裡的油加滿、替廚師搬煤挑水，還檢查了船艙裡的存貨。今天依舊是個晴空萬里的好日子，哈維站在甲板上，深深地吸了一口清爽的空氣。

昨天晚上來了許多漁船，一望無際的碧藍海面上布滿了幾十艘的帆船和平底船。遠處的天邊，一股黑煙從一艘大輪船的煙囪裡冒出來，燻黑了潔淨的藍天。

在東邊，一艘大帆船的帆影倒映在水面，彷彿一幅美麗畫作上的骯髒污漬。狄斯

科正站在甲板上抽著菸，默默地注視四周的船隻。

他正在替大家想主意。」阿丹小聲地對哈維說：

「每當我父親那樣陷入沉思的時候，就表示

「我拿我所有的工錢打賭，我們馬上就要啟航

了。我父親最了解鱈魚，所以大家都會跟著他

走，想分一點好運氣。你看，他們一直湊過來，

繞著我們打轉。」

「那艘是來自查坦的『勒布王子號』，昨天晚上

它就偷偷地跟過來了。你看見那艘前帆有個補丁、船頭有

個嶄新三角帆的船了嗎？它是『畢嘉莉號』，來自西查坦。它

成天在海上漂來漂去，從沒停下來過，當然成不了大事。」

「你只要看到我父親從嘴裡吐出小煙圈，就可以斷定他是在研究海裡的魚。要是

我們在這時候和他談話，他一定會大發雷霆。」阿丹喋喋不休地說：

狄斯科嘴裡叼著菸斗，雙眼凝視著前方。正如他兒子所說，他正在思考和魚有關的事情。他知道那些船都是因為知道自己的航海經驗豐富，所以才緊緊地跟在旁邊。雖然狄斯科非常感謝他們如此信任自己，但他還是比較喜歡單獨行動，遠離喧囂的漁船們。

於是，狄斯科分析著最近的天氣、風向、洋流和食物，來判斷接下來該往哪裡前進。過了一小時之後，他終於取下嘴裡的菸斗。

「爸爸，我們完成所有的工作了，讓我們划船出海，好嗎？今天可是捉魚的好日子啊！」阿丹央求。

「那就先去換一件像樣的衣服！」狄斯科皺著眉頭，指著哈維說：「我從沒見過哪個人穿著西裝和皮鞋去捕魚。」

「好，謝謝爸爸！」阿丹高興地說完後，把哈維拉進船艙。

阿丹迅速地從衣櫃裡拿出一套服裝遞給哈維，說：「喏，這是我的備用工作服，先借給你穿吧！」

不到三分鐘，哈維就穿上了一雙長及膝蓋的橡膠靴，以及一件手肘上有補釘的藍色針織衫。

「總算有點樣子了，我們快走吧！」阿丹催促道。

「待在這附近就好，別跑太遠了！」狄斯科叮囑：「要是有人問我在打什麼主意，就照實說你們不知道。」

阿丹點頭答應之後，立刻抓著哈維跑向一艘紅色的平底船。他鬆開繫船的繩索，然後輕巧地跳到船上。哈維跟在他身後，連滾帶爬地跌進船裡。

「不可以那樣上船！要是我們在海上，早就翻船啦！」阿丹沒好氣地說。

船下海後，阿丹坐在船身前段，看著哈維搖槳。哈維曾在阿第倫達克夏令營的池塘裡划過船，那裡的水池風平浪靜，船緣也都有固定槳用的套環，划船的人只要輕輕一擺，就能夠把小船推得很遠。不過，在海上划船又是另外一回事了。

那些漁船的兩旁只有槳叉，兩支槳粗得像樹幹，而且足足有八英尺長，要把它們從波浪裡抽出來，一定得使出渾身解數才能辦到。

過了不久，哈維便累得叫苦連天。

「盪短一點，別把槳盪那麼遠！」阿丹說：「要是你的槳被海水拖住，那就完蛋了！你看，這艘船是不是很漂亮？」

阿丹的平底船乾乾淨淨，一點污漬也沒有。船頭有一個錨、兩瓶水和一條大約七十噚長的錨繩，索套上還掛著一個小號角。號角旁擺了一把大木槌和一根短木棒。此外，船舷的旁邊還有一些釣魚繩，線上綁著魚鉤和鉛錘，整齊地捲在捲線架上。

「船帆和主桅在哪裡？」哈維盯著磨破的掌心問。他想升起帆布，這樣他就不用划槳了。

阿丹格格笑著說：「小漁船不用帆，要用划的。其實，你也不需要使勁划，反正我們又不趕時間。你想不想也擁有一艘像這樣的小船？」

「如果我向我父親開口，應該就能得到一、兩艘。」哈維回答。直到這時，他才想起了自己的父母。

「噢，我忘了你父親是個千萬富翁啦！可是，買一艘平底船和船具需要花不少錢呢！你認為他真的捨得買給你嗎？」

「你放心，他從來沒有拒絕過我的請求。」

「噢，有錢人家的少爺果然就是不一樣！哈維，槳還要再盪短一些，否則你待會……」

啪地一聲，槳柄打到了哈維的下巴，痛得他哇哇大叫。

「我剛才要你提防的就是這件事情，因為我之前也挨過這麼一下。我第一次學划船的時候只有八歲呢！」

哈維皺著眉頭，重新坐直身子。

「我父親說，遇到困難時，光生氣對事情毫無幫助，所以你也別再苦著一張臉啦！我來問問曼紐爾，把錨繩放到多深的地方能夠捕到魚。」

阿丹說完後，把槳豎了起來。距離他們一英里之外的曼紐爾見狀，立刻向兩人搖了三次手臂。

「三十噚。」阿丹說著，將一塊醃漬過的蛤蜊肉插在魚鉤上：「哈維，你得照著我的方法穿餌，別把捲線架的繩子弄亂了。」

阿丹的魚線放出去很長一截後，哈維才終於找到了穿餌的訣竅。平底船沒有下錨，就這樣自由自在地漂蕩著。

「有了！」阿丹突然大叫一聲，一條大鱈魚在接近水面的地方不斷掙扎，飛濺起來的水花噴到了哈維的肩膀上。

「哈維，快給我木槌！就在你的右手旁邊，快點！」

哈維連忙照做，阿丹接過後，馬上熟練地將魚擊昏，然後拉上小船。接著，他毫不費力地用槌柄把魚鉤取下，準備進行第二次獵捕。就在這時，哈維感到手裡的魚線被扯了一下，於是興奮地往上拉。

「唉呀，這是什麼？」他大喊。

纏在魚鉤上的是一把海草莓，半紅半白，和陸地上的草莓有點類似，只不過它們沒有葉子，而且還黏糊糊的。

「別用手去碰！快扔掉……」

阿丹的話還沒有說完，哈維就已經從魚鉤上取下海草莓，好奇地握在手心上把玩。不久，他大叫一聲，手指頭彷彿被許多根針同時刺了一下。

「現在你見識到海草莓的厲害了吧！我父親說，除了魚之外，最好不要用手去碰任何生物。哈維，趕緊把它扔回海裡，然後把魚餌重新穿好。別想偷懶，這些也算是工作的一部分呢！」

哈維一想到那每個月十美元的工錢，不由得露出一抹苦笑。他回想起以前在家裡的時候，只要他跑到湖裡玩耍，母親肯定在一旁焦急不安。要是她看見自己正漂蕩在茫茫大海上，不知道會有什麼反應。這時，魚線突然飛快地從他手中滑出去，讓他的掌心隱隱作痛。

「一定是個大傢伙！由著牠拉，別和牠耗力氣。」阿丹大叫：「我來助你一臂之力！」

「不用！這是我的第一條魚，我要親自把牠拉上來！」哈維堅決地說。

「牠應該是條大比目魚，我拿我所有的工錢打賭，這個傢伙的體重肯定超過一百磅！」阿丹仔細觀察著水面下的動靜，手裡揮舞著大木槌，準備隨時給牠一記當頭棒喝。

雖然哈維的手心被魚線掐得滲出鮮血，但是他一點也不在意，只感到心臟因為興奮而撲通撲通地跳個不停。他滿頭大汗地盯著顫動的魚線，烈日下的陣陣漣漪令他頭昏眼花。兩個孩子和大比目魚奮鬥了二十分鐘之後，才終於吃力地把牠拖上船。

「這就叫新手的運氣！」阿丹擦了擦額頭上的汗說。

哈維看著這條巨大的比目魚，心裡有股說不出的得意。他曾在市場上見過許多和牠長得一樣的傢伙，卻從未想過牠們是如何被捉上岸的。現在他知道了，代價就是全身痠痛。

「如果我父親在這裡，他肯定可以從這條魚看出海洋的訊息。」阿丹說：「這幾年，海裡的魚愈來愈少了。你有注意到嗎？昨天捕到的全都是鱈魚，連一隻比

目魚也沒看見。我父親說，海洋裡到處都有暗號和徵兆，如果仔細體會，就能明白它們要傳遞的訊息。不過，這只有經驗豐富的人才辦得到，而我父親就有這項本領。」

阿丹說得正起勁，忽然間，「在這兒號」傳來一聲槍響，前帆的繩索上掛起了一個菜籃。

「那是要大家集合的意思。我父親一定在打什麼主意，否則不會在這個時候命令大家停止工作。哈維，把魚線收回來，我們趕緊回去。」

他們掉轉船頭，朝「在這兒號」划去。半路上，他們聽見賓斯法尼亞的哀號聲。只見他的船在距離兩人半英里遠的地方直打轉，彷彿一隻失去方向的小蟲。

他在平底船裡扭來扭去，試圖控制船身，可是小船就像一隻脫韁的野馬，怎麼樣也不肯乖乖就範。

「我們得去幫幫他，否則他會永遠待在那裡。」阿丹說。

「到底是怎麼一回事？」哈維不解地問。

「錨被纏住了。賓斯法尼亞經常把錨弄丟，光是這一次出海，他就已經弄丟兩個了。我父親說，要是他再弄不見，就給他一塊大石頭當作錨，這對漁夫來說簡直就是一種恥辱。到時候，大家只要看見他的船上有顆石頭，肯定會不停嘲笑他。」阿丹無奈地解釋。

「喂，賓斯那尼亞，你的錨又卡住了嗎？放輕鬆點，把錨索拉直放下，別亂扯！」阿丹大吼。

「我試過了，可是它就是毫無動靜。」賓斯法尼亞喘著氣說。

阿丹靠著船舷俯下身去，只見他猛地扯了幾下後，立刻就把錨索拉上來了。

「快點把它收好，否則又會卡住了。」阿丹笑著說。

他們划開船，留下一頭霧水的賓斯法尼亞呆愣在原地。

阿丹等他們的船到了賓斯法尼亞看不見的地方後，突然說：「唉，其實他不是真的笨，只是遇到問題時沉不住氣罷了。」

「這是你父親說的，還是你自己的觀察？」哈維一邊划，一邊問，他已經逐

漸掌握到搖槳的訣竅了。

「我父親說他是個沒有害處的傻子。其實，他原本的名字叫做雅各，是名傳教士。他和他的妻兒住在賓夕法尼亞州。有一年，他帶著家人去參加一個集會，並投宿在詹斯鎮的一家旅社裡。你聽過這個地方嗎？」

哈維想了一想，然後說：「好像有。可是不知道為什麼我一聽到詹斯鎮，就會想到俄亥俄州的阿士塔布拉市。」

「那是因為這兩個城鎮都曾發生過重大的意外事件。唉，賓斯法尼亞和家人投宿旅店的那晚，詹斯鎮附近的水壩坍塌了。洪水淹沒了整座城市，房屋漂蕩在水面上，互相撞擊後又沉入了水底。我看過當時的照片，景象真是觸目驚心。賓斯法尼亞還沒弄清楚發生了什麼事，就眼睜睜地看著妻兒被大水沖走了。從那之後，他就失去了所有的記憶，成天在街上晃來晃去。就這樣，他遇到了索爾特叔叔。叔叔知道他的處境後，就把他帶回自己的家鄉，讓他在農場裡工作。」

「索爾特叔叔原本是務農的嗎？」

「沒錯。」阿丹不屑地說：「他是個只會動腦筋，不會實際操作的農夫！哈維，我曾見過他提著一個水桶，漫無目的地在農莊裡晃來晃去。你想想，他和呆頭呆腦的賓斯法尼亞有辦法獨自經營農莊嗎？後來到了春天，索爾特叔叔就把地賣給了一位從波士頓來的富家少爺，聽說那人想蓋一座別墅。

「他們倆就這樣平順地過日子，直到有一天，賓斯法尼亞服務過的教堂發現了他的行蹤，於是就寫了封信給索爾特叔叔。叔叔不願意將賓斯法尼亞交給任何會勾起他傷心往事的人，因此立刻帶他來投靠我父親。唉，我父親說總有一天賓斯法尼亞肯定會想起自己的妻兒，並感到痛不欲生。哈維，你千萬別在他面前提到有關詹斯鎮或和淹水有關的事情，否則索爾特叔叔會把你扔出船外。」

「可憐的賓斯法尼亞……」哈維喃喃說道。

「我們大家都很喜歡賓斯法尼亞，因此更想好好地保護他。這也是我為什麼和你說這件事的原因。」

這時候，他們離「在這兒號」很近了，其餘的平底船都跟在他們身後不遠的

地方。

「動作快點，我們馬上就要破魚了！」狄斯科大喊。

阿丹連忙將破魚的工具擺好，然後對哈維使了個眼色，說：「你看，又有一些船靠過來了，似乎在等著看我父親的動靜。」

「真的嗎？」哈維瞪大眼睛，朝阿丹的視線望過去。其實，他根本分不出哪些船是後來才接近他們的。

「那艘船頭斜帆髒的像塊抹布的，叫做『布拉格希望號』，它的船長是所有漁夫裡最狡猾的人；離我們遠一點的是『太陽眼號』，船主是兩個來自哲勞德的男人，他們航行的速度很快，運氣也不錯；另外三艘船分別是『瑪姬號』、『蘿絲號』和『伊蒂絲號』，和我們是同鄉。我猜，明天我們還會看見『艾比號』。

爸爸，您說對不對？」

「阿丹，你明天一艘船也看不見。」狄斯科露出一抹意味深長的笑容，然後對剛爬上來的船員們說：「這裡太擠了，我們到別的地方去！」

他望了望大木桶，裡面除了哈維捉到的那條大比目魚之外，其他都是一些小魚。看來，今天的漁獲總共不到十五磅。

「我在等天氣變。」狄斯科補充說。

「這你得自己判斷了，因為我完全無法預測。」賈隆瞄了一眼天空說。

半小時後，當大家在破魚時，一團濃霧朝漁船們襲來。大夥兒見狀，立刻默默放下手邊的工作。賈隆和索爾特叔叔把絞錨盤的轉柄插進去，開始起錨，曼紐爾和普拉德也上前幫忙。接著，狄斯科穩住船舵，大聲命令：「把船頭的三角帆升上去，放下前帆！」

就這樣，「在這兒號」仰起船頭，迎風駛進了白茫茫的濃霧中。

「你從來沒看過起錨嗎？」普拉德見哈維目瞪口呆地望著濕漉漉的船帆，於是開口詢問。

「對。我們現在要去哪裡？」

「去找個地方停下來捕魚。我知道你是新手，所以對船上的任何事情都很陌

生，但不用一個禮拜，你就能學到……」

「唉呀，我都忘了船上還有一位什麼都不懂的少爺呢！」賈隆正閒得發慌，

於是高興地說：「普拉德，就讓我們來好好教教他吧！」

「哈維，你得把皮繃緊一點啦！」阿丹笑著說。

接下來的一個小時，賈隆領著哈維在船上走了一圈，嘴巴不停地介紹各種船具。當他想讓哈維注意斜桁升降索的時候，就會捉著那個孩子的後頸，要他目不轉睛地看上半分鐘；要是他想要哈維知道帆桁前後的差別，就會按住哈維的頭，使哈維的鼻子沿著帆桁，從這頭擦到那頭。哈維忍不住偷懶時，賈隆便會用繩索鞭策他。

「好了，哈維，現在你告訴我該怎麼收捲前帆？別急，想清楚了再回答。」

「把那個收進來。」哈維指著下風處說。

賈隆將雙手交叉在胸前問。

「哪個？你要把整個北大西洋拉過來嗎？」

「不是，是收下那個桁梁，然後把後面那根繩子繞過那一邊⋯⋯」哈維支支

吾吾地回答，絞盡腦汁地回想剛才學過的專有名詞。

「那根繩子叫做收帆索。你得明白，船上的每根繩索都有它的用處，否則早

就被扔進海裡了。等你將來能夠自己駕駛帆船時，別忘了告訴大家是我教會你的

喔！現在，我說到哪一條繩子的名字，你就把手放到那根繩子上。」

賈隆開始念，但是哈維早已疲憊不堪，雙腳移動的速度不知不覺慢了下來。

就在這時，賈隆握在手裡的繩子朝他甩了過來，重重地打在他的背上。哈維痛得

跳了起來，他看看周圍的人，盼望有人能替他求情。可是，所有人的臉上都毫無

笑容，就連一向嘻皮笑臉的阿丹也緊繃著臉，不發一語。顯然，這是非常重要的

一課，如果他想在這艘船上和大家平起平坐，就得咬緊牙關撐下去。

其實，哈維本就是個聰明的孩子，只不過被家裡的長輩們寵壞罷了。他看到

大家的神情後，立刻明白家裡的財富並不能帶給他方便。在這茫茫大海裡，想要

獲得同等的待遇就得憑自己的本事。於是他打起精神，敏捷地從這一根繩子跳到

另一根繩子，簡直就像一隻靈活的鰻魚。

「做得好！」曼紐爾說：「吃飽飯後，我讓你瞧瞧我做的雙桅船模型，教你一點駕駛漁船的要領。」

「好了，現在換我教你賈隆不會的本領。」普拉德說完後，從船尾的置物櫃裡拿出一個用鉛製成的深海重測錘。

狄斯科見狀，立刻轉動舵輪，將船停了下來。同時，曼紐爾忙著降下船頭的三角帆。只見普拉德把重測錘高高舉起，然後在頭頂上甩呀甩，重測錘轉動的速度愈來愈快，最後撲通一聲掉進了船頭前方的海裡。

「老手聽聲音就知道海水有多深。」阿丹說：「一個人在海上待了一星期之後，就得靠深海重測錘探路了。爸爸，您看這裡的海水有多深？」

「六十嘍，我想應該不會錯。」狄斯科微笑著說。他喜歡人家尊敬他，重視他航海的經驗。

「六十！」普拉德大喊，收回濕漉漉的重測錘。

「在這兒拋！」再次起航，行進了一小段距離後，狄斯科命令：「現在，投下重測錘！」

「爸爸，這裡有多深？」阿丹又問了一次，同時得意地望向哈維。

「五十噚。」狄斯科篤定地說。

「五十！再前進一碼，我們就到綠海岸了！」大家聽見普拉德的聲音從船頭飄過來，卻因為霧太大，沒看見人影。

「哈維，快拿鉤鉤！」阿丹一邊說，一邊拿起繞在捲線架上的魚線。

「在這兒拋！」此刻漫無目的地在海上閒逛，船頭的帆被狂風吹得啪啪作響。

大人們站在一旁，悠閒地看著兩個孩子忙著釣魚。

阿丹的魚線在斑駁的船舷上扭動得很厲害，哈維連忙趕來協助，終於合力拉起一條大約二十磅重的鱈魚。大夥兒仔細一瞧，發現這隻魚居然把魚餌和魚鉤統統吞進肚子裡了。

「天啊，看來這些大魚已經餓昏頭啦！」賈隆說：「狄斯科，你的眼睛就像

長在船底下似地，真是讓我甘拜下風啊！」

他說完後，立刻放下船錨。大家拿起魚線，站在船舷旁開始釣魚。不久，大木桶裡的魚就快要滿出來了。

「阿丹，為什麼大家非得用平底船出海捕魚呢？這樣在大船上釣魚不是很方便嗎？」哈維不解地問。

「待會兒你就知道了，一直這樣彎腰釣魚很耗體力啊！我看，我們今天晚上還是得駕小船出去一趟。」阿丹回答。

阿丹說得沒錯，在大船上釣魚雖然方便，卻相當吃力，因為收魚線時，魚是被水拖著的，大船距離水面遠，因此得花很大的力氣才能將魚拉上來。

「賓斯法尼亞和索爾特叔叔去哪裡了？」哈維問。他拍掉衣服上的黏液，小心翼翼地模仿別人的樣子把魚線收好。

「走，我們去看看他們在做什麼吧！」阿丹笑著說。

昏黃的燈光下，有兩個人分別坐在桌子的兩端，聚精會神地下著棋，絲毫不

在意外面的天氣和捉魚的事。

「你們在外面做什麼？」索爾特叔叔漫不經心地問。

「釣魚啊！大木桶裡的魚都滿出來了呢！」哈維回答。

「哈維，今晚我們不用打掃環境啦！我父親為人公正，既然他們兩個現在偷懶，待會兒就得補償回來。」

這時，狄斯科正好走了過來，於是說：「沒錯，不過在他們破魚的時候，你們兩個小傢伙就得去抓更多的魚。」

阿丹在蒼茫的暮色中，搖搖擺擺地走向裝滿流釣繩的木桶旁，對哈維說：「喂，你要不要和我一起放魚線？」

木桶裡裝滿了捲得整整齊齊的魚線，繩線上每隔幾英尺就拴著一個釣魚鉤。

從船上放魚線是一件需要技巧的工作，不僅得一邊放，一邊檢查魚鉤拴得是否牢固，還得順便將魚餌穿上去。

這時天色已經暗了，四周一片漆黑，可是阿丹絲毫不受影響，手腳俐落地做

著工作。相形之下，哈維顯得十分笨手笨腳，一下子手指被魚鉤勾住，一下子魚線纏在手臂上。

「別急，哈維，我還沒學會走路就已經學會穿餌了呢！只要多做幾次，很快就能夠上手了。」接著，阿丹大聲問父親：「爸爸，我們的魚線要放多深？」

正在和普拉德一起醃魚的狄斯科毫不猶豫地回答：「三噚！」

「每一個桶子裡都有三百噚長的魚線，」阿丹向哈維解釋：「足夠我們今晚用了。」

「阿丹，我的手指頭都被割破啦！」哈維哭喪著臉說。

「唉呀，小心點！其實，我父親平常不允許大家在大船上流釣，但最近他正在做某種實驗，所以才吩咐我們這麼做。不過，根據以往的幾次經驗，等會兒收線的時候，如果不是大豐收，就是連一條魚的影子也見不到。」

賓斯法尼亞和索爾特叔叔按照狄斯科的命令，把魚剖開洗乾淨，並用鹽巴醃漬完畢。可是，兩個孩子的收穫卻少得可憐。狄斯科只好叫他們收回流釣繩，整

齊地放回木桶裡。就在這個時候，普拉德和賈隆正好檢查完小船，提著油燈回到甲板上。

到了晚餐時間，哈維只顧埋頭去吃碎魚肉和煎餅，一句話也沒說。吃飽後，曼紐爾從置物櫃裡拿出一艘兩英尺長的帆船模型，打算將船上的各個纜索告訴哈維。沒想到轉身回來，哈維就已經倒在桌上呼呼大睡了。

賓斯法尼亞費盡力氣將哈維拖上床的時候，他連手指頭都沒動一下。阿丹用完餐後，也昏昏沉沉地躺上床鋪，進入甜甜的夢鄉。看來，剛才拚了命地釣魚把他們倆累壞了。

船艙外面大霧瀰漫，風愈刮愈凶猛，飛濺起來的浪花打在煤油爐上，發出嘶嘶的聲音。當兩個孩子熟睡的時候，狄斯科、賈隆、普拉德、索爾特叔叔和賓斯法尼亞就輪流守夜。每一個值班的人都得去查看舵輪是否固定，錨鍊是否安然無恙，有時候還得為油燈添加煤油。他們靠著做這些事情來打發漫漫長夜，減少對故鄉的思念。

第四章 晦氣星

哈維在一陣嘈雜聲中醒來，他的耳朵充斥著海水擠壓船身所發出的吱呀聲，和海浪凶猛拍打甲板的砰砰聲。由於風浪太大，船上的各種器具紛紛翩翩起舞，你推我擠地發出各式各樣的聲響。被噪音吵得睡不著的哈維只好爬起來，準備享用美味的早餐。

「狄斯科，雖然我們擺脫了其他船隊的糾纏，但魚也躲得遠遠的。」哈維聽見賈隆說：「不過，我也很開心能夠好好地休息幾天。」

他說完後，立刻一溜煙地回到床上抽菸。普拉德也坐上床鋪，和賈隆一起吞雲吐霧。負責值班的索爾特叔叔爬上甲板，做好份內的工作。這時，廚師替第二批用餐的人擺好了飯菜。

飯後，除了值班的索爾特叔叔、賓斯法尼亞和狄斯科之外，所有的人都窩在

床上談天。阿丹抱著一個漂亮的手風琴，有一下沒一下地彈著，他演奏的音調隨著「在這兒號」的船身起伏，時而高亢，時而低沉。

過了一會兒，普拉德彎下腰，從置物櫃裡拿出一把老舊的白色小提琴。曼紐爾看到後，也興致勃勃地翻出一把烏克麗麗，準備大展身手。

就在這時，艙門打開了，狄斯科狼狼地走了進來。

「外面的情況如何？」

「還是一樣昏天暗地。」狄斯科重重地坐在一個木桶上。

「我們正在唱歌助興，你來起個頭吧！」賈隆說。

「我就只會那兩首老掉牙的歌曲，況且你們早就聽膩了。不如由哈維來替我們唱首歌吧！」

突然被點名的哈維感到不知所措，立刻絞盡腦汁地翻找腦袋裡的記憶，想找出一首符合現在氣氛的歌曲。過了一會兒，他只想到之前在阿第倫達克夏令營學

「太棒了，我們來開一場音樂會吧！」賈隆滿面笑容地說。

過的《艾瑞生船長》，於是緩緩開口唱出第一句歌詞，沒想到狄斯科瞬間臉色大變，大聲吼道：「小傢伙，別唱了！雖然這首歌的旋律優美，但歌詞簡直就是胡說八道！」

「這首歌的歌詞哪裡不好？」哈維驚訝地問。

狄斯科嚴肅地回答：「小傢伙，這首歌的背景是西元一八一二年，當時艾瑞森是『貝蒂號』的船長。他們捕魚結束正要返航時，遇見了有漏水情形的『努力號』。那時的天氣惡劣，加上船員們離家很久了，因此『貝蒂號』上的人都巴不得早點回家去。雖然艾瑞森主張搶救『努力號』，但大家並沒有理會，反而七手八腳地升起船帆，逕自回航。

「到了隔天，海面居然奇蹟似地恢復平靜，『努力號』上的部分船員被其他船隻救起，平安歸來。家鄉的人知道『貝蒂號』見死不救的事之後，非常氣憤。那些原本主張返航的船員見苗頭不對，立刻將責任全都推給艾瑞森，說他們只是服從他的命令。結果艾瑞森被綁在馬車上遊街示眾，接著被丟棄在一艘破船裡，

隨著海浪載浮載沉，最終葬身在海底。

「後來有些船員受不了內心的苛責，終於鼓起勇氣說出真相。大家雖然感到後悔莫及，但也無法挽回艾瑞森的性命了。這件事情發生後不久，這首歌的作詞者恰巧來到艾瑞森生前居住的小鎮去作客，並聽到了這則故事的前半段。不久之後，他就寫出了那樣的歌詞，導致艾瑞森枉死多年以後，還得遭受世人的謾罵。

唉，艾瑞森實在是太可憐了！

「阿丹以前也曾在學校裡學過這首歌，我一聽到他唱出第一句歌詞，就狠狠地訓了他一頓。哈維，現在我把真相告訴你，就是希望你牢牢記住艾瑞森並非歌詞描述的那樣卑鄙無恥。還有，不要隨便批評一個人，免得害了人家一輩子。你聽清楚了嗎？」

就在這時，曼紐爾叮叮咚咚地彈起烏克麗麗，試圖化解尷尬的氣氛。過了一會兒，恢復平靜的狄斯科清了清喉嚨，為大家唱了一首老歌。

四月過了，雪融化了，

我們就要離開新貝德福；

是的，我們就要離開新貝德福。

我們是海上的捕鯨人，

從來沒見過麥穗開花。

接著是一段輕柔的樂器獨奏，過了不久，狄斯科繼續唱道：

麥穗開了花，淚珠留下我愛人的臉頰；

麥穗開了花，我們在海上為生活掙扎；

麥穗開了花，留下我的愛人獨自在家；

請耐心等我回來，撐起我們美麗的家。

哈維聽完後，被歌詞感動得眼眶泛淚。後來廚師放下了手上的馬鈴薯，拿起小提琴，演奏起一首更叫人傷心的歌曲。悲戚的曲調搭配他低沉的嗓音，讓聽眾彷彿身處在一個滿是傷悲的世界。

「天啊，這首歌太令人難受了！我們來點輕快的歌曲吧！」阿丹大叫一聲，隨後拉起手風琴，奏出一個急促的曲調：

我們不見陸地已有六百二十天，

我們帶著十五萬公斤重的魚，

以及花花綠綠的鈔票⋯⋯

「住嘴！」普拉德大吼：「阿丹，你存心想毀了這次的航行嗎？那首歌說的是『晦氣星』，除非我們準備打道回府，否則不准唱！」

「沒那麼嚴重，只要我不唱出最後一句，就不算犯了忌諱！」阿丹理直氣壯

地說：「爸爸，您說對不對？」

「什麼是『晦氣星』？」哈維一頭霧水地問。

「就是專門帶來厄運的魔鬼。有時候祂們會附在人身上，有時候是附在小船或木桶之類的東西。」普拉德說：「晦氣星的種類很多，吉姆・波克在淹死之前就是個晦氣星，和他待在一起的人準會倒大楣。『俄茲拉號』上的一艘綠色平底船也是晦氣星，曾經有四個人乘坐那艘船出去捕魚，結果都葬身海底，聽說它在晚上時，還會自己發光。」

「你們都相信祂的存在嗎？難道我們只能任由祂擺布？」哈維問。

「在茫茫大海上，什麼事情都有可能發生。」狄斯科嚴肅地說：「小傢伙，別拿晦氣星開玩笑。」

「好啦，至少哈維不是晦氣星。」阿丹連忙出面緩頰：「因為從我們把他救上來的那天起，『在這兒號』每天都是大豐收啊！」

就在這時，廚師突然在一旁發出古怪的笑聲。

「怎麼了？難道我說錯了嗎？」阿丹不悅地問。

「對，他不會替我們帶來災難。阿丹，我笑的是你將來會成為他的屬下，但現在就已經忠心耿耿了。」

「我做他的屬下？怎麼可能？」阿丹不可置信地說。

「主！」廚師指了指哈維，然後又回過身來指指阿丹，說：「僕！」

「你究竟是如何得出這個結論的？」普拉德好奇地問。

「我也不知道，反正我腦袋裡就有一個這樣的畫面。」廚師說完後，又繼續埋頭削馬鈴薯，不再回答任何人的問題。

這時，甲板上傳來有人敲擊船板的聲音。

「我去看看索爾特發生了什麼事情。」狄斯科說完，匆匆離開船艙。

雖然大風把霧吹散了，卻讓海面變得波濤洶湧。「在這兒號」滑到了又長又深的浪窪裡，巨浪一會兒將雙桅船拋到浪尖，一會兒又讓它跌入深淵。四周的滾滾浪花彷彿一座座灰色的小山，隨著大船載浮載沉。

「我剛才好像看見前面不遠處有什麼東西。」索爾特叔叔指著東北方說。

「不會是漁船吧？」狄斯科瞇起眼睛，俯身向前望了望，然後對阿丹說：「你爬上去看看我們的流釣浮標還在不在。」

於是阿丹俐落地爬上主桅杆，一手抓著桅杆，一手放在眼睛上方，朝四周張望。接著，他大喊：「浮標正常！不過，有一艘船從正北方朝我們開過來！」

大約過了二十分鐘後，一艘老式帆船出現在他們眼前，它就是惡名昭彰的「阿畢夏號」。那艘船上面的每一根繩子和支架都髒兮兮的，纜索四散飛揚，簡直就像碼頭旁邊的海草。年久

失修的船身在洶湧的海面上搖搖晃晃地前進，模樣令人相當擔憂。

「那艘船上只有酒桶和糊塗蟲。」索爾特叔叔忍不住批評。

「他們根本就不該在這種天氣下出海。」賈隆說。

「普拉德，你看它的船頭是不是太低了？」狄斯科問。

「沒錯，他們得趕緊用幫浦把前艙裡的水抽出去。」普拉德回答。

「阿畢夏號」順著風駛了過來，一位滿頭灰髮、臉色紅通通的老人走到船舷旁邊，用厚重的鼻音朝「在這兒號」吼了幾句。哈維聽不懂老人在說些什麼，可是狄斯科一聽，臉色瞬間沉了下來。

「他現在還有心情詛咒我們哪！阿畢夏，阿畢夏！」狄斯科焦急地指著對方的船頭，手臂上下擺動，做出用幫浦抽水的樣子。

沒想到老人不但不領情，還朝他大吼：「你們那艘船很快就會裂成兩半！這次鐵定是你們最後一次出海了，你們永遠無法回去格洛斯特啦！」

「真是個瘋子！」普拉德嗤之以鼻地說。

「那艘船簡直是漂在海上的活地獄！」賈隆接著說：「恐怕它還沒出海，上面就已經出亂子了。」

「據說那艘船已經有七十年的歷史了。」阿丹向哈維解釋：「阿畢夏從來沒讓它休息過，就這樣一直在海上漂蕩。大家都將那艘船視為晦氣星，避之唯恐不及。他們的船員無時無刻都在喝酒，醉得一塌糊塗。」

大家默默看著「阿畢夏號」像醉漢似地左搖右擺，載浮載沉地順風航行。那艘船來到一處被陽光照得亮晃晃的浪尖上，過了一會兒，海面恢復平靜，帆船卻跌進浪窪裡，消失得無影無蹤。

「天啊，他們的船沉了！」狄斯科大吼：「雖然他們是一群討厭的無賴，但我們不能見死不救。升起船帆，立刻開船！」

大家為了節省時間，也不管錨收上來了沒有，就先掛上船頭三角帆和前帆，造成船身猛地一衝，震得哈維跌坐在地。接著，船員們又一抖一扯，把船錨從海底拖上來。狄斯科沒等大家把錨收好，就開始破浪前進了。其實，這種舉動非常

魯莽，要不是為了救人，誰也不願意這麼做。

「在這兒號」趕到「阿畢夏號」消失的地方，卻只找到兩、三個存放流釣漁具的木桶、一個酒瓶和一艘小平底船。

「唉，要是他們沒有喝得醉醺醺，根本不會發生船難。」狄斯科說。

「不過，阿畢夏似乎把他的霉運帶走了。你們看，風已經停了。」索爾特叔叔說。

普拉德提議最好把流釣收回來，另外換個地方停船，但是廚師卻說：「風水輪流轉，若是你們不信，親自去看看就知道了。」

這句話說得賈隆心癢難耐，於是立刻拽著普拉德和他一起駕船出海。

大家都非常替那兩人擔心，因為他們得把流釣魚繩從小船的這頭拉上來，摘下上鉤的獵物，順手穿好魚餌，再從小船的另一頭把流釣魚繩放下去。雖然看似簡單，但只要一不小心，就有可能被又長又重的魚線拉進海裡。

直到聽見普拉德高亢的歌聲，大夥兒才放下心來。那艘靠近「在這兒號」的

平底船裡裝了滿滿的魚，大家連忙放下滑車接他們上船。

大家就這樣一路忙到天黑，甲板上堆滿了魚。

「好了，我不想繼續待在這個不祥之地捕魚了。」狄斯科說：「把平底船都拉上來，用過晚餐後，我們立刻破魚。」

破魚的工作一直持續到九點鐘，船艙裡的空間又減少了一點。

「哈維，你今天扔魚扔得真快！」阿丹微笑著說。

「當然，我現在也算是半個討海人啦！」

第五章 海上見聞

這些日子以來，哈維忙著學習新事物，很少有時間想心事。當然，他有時候會想起可憐的母親，巴不得能把自己生還的事情告訴她，也希望她能親眼看看自己辛勤勞動的模樣。

哈維現在是「在這兒號」上的一份子，飯桌旁有他的座位，艙房裡有他的床鋪；碰上暴風雨時，大家還會津津有味地聽著他敘述家裡的生活，因為除了阿丹以外，所有人都認為那些簡直就是童話故事才可能出現的情節。

後來，哈維乾脆就把過往的生活編造成精采的故事，分享給其他船員聽。他說自己有個住在俄亥俄州的朋友，擁有一輛由四匹小馬拉的馬車，經常吩咐僕人帶他四處遊玩；他從不買現成的衣服，一定非請裁縫師替他量身訂製不可，而且每種款式都要訂做許多套，以備不時之需；他的家中時常舉行宴會，參加的女士

都穿著豪華的禮服、戴著鑽石珠寶，並用閃亮亮的銀製餐具用餐。

哈維十分懂得察言觀色，要是他發現大家對他的故事有熱烈的反應時，他就會加油添醋、誇大其辭，讓場面變得更加熱鬧。

沒多久，哈維開始跟著狄斯科學習航海的技術。這位船長的航海法寶是一個生鏽的四分儀、一張航海地圖、一本曆書、一本水路手冊和深海重測錘。由於重測錘相當沉重，因此通常由普拉德負責投放。不過，要是碰上風平浪靜的日子，哈維就會替狄斯科投放那個只有七磅重的輕測錘。

投放前，哈維會用凝結成塊的油脂，把輕測錘的一端封好，再投入海中；然後再小心翼翼地把沾滿泥沙、貝殼和海草的輕測錘拉上來，交給狄斯科。狄斯科只需要用手指頭碰一碰、用鼻子聞一聞，就能推斷出海底的狀況，然後決定「在這兒號」接下來的動向。

大家已經連續在大霧裡工作許多天了。雖然太陽沒有露臉，魚卻上鉤得非常快，所有人都忙得不可開交。起初幾天，哈維只負責打鐘，替在霧裡工作的夥伴

指引方向。後來他厭倦這種無聊的工作後，就壯起膽子和普拉德一起出海打魚。

普拉德釣魚的技術非常好，拉魚的動作更是乾淨俐落。哈維負責握著木槌在一旁等候，只要一看到獵物跳出水面，立刻朝牠狠狠敲下去。

幾天後，哈維和曼紐爾一同出海。他們到了狄斯科認為海水應該只有四十噚深的地方，把錨放了下去。沒想到，錨索已經統統放盡了，還是沒有碰到海底。

哈維頓時驚慌不已，認為自己完全和陸地失去聯繫了。

他們回到「在這兒號」，發現所有人都在取笑船長，說他把大家帶到了一個只有鯨魚才願意待的不毛之地。過了一會兒，狄斯科將船駛到另一個地方。這一次，哈維仍舊乘坐曼紐爾的平底船，一起去捕魚。出海沒多久，他們就看見一團白色的東西從霧裡鑽了出來，一邊發出奇怪的聲音，一邊緩緩向前移動。接著它大吼一聲，轟地一下撲到海裡，激起高高的浪花。

其實，那是北方夏天常見的冰山，不過經驗不足的哈維當然不知道，因此他嚇得躲進船內，一動也不敢動。曼紐爾見狀，忍不住大笑。

有時他們也會碰上萬里無雲的好日子。通常這個時候，大家就會站在船舷旁邊，手裡握著釣竿，悠閒地釣魚。如果有冰山從旁邊漂過，他們就會用槳去拍打它，作為娛樂。要是天氣晴朗，又有微風吹送的話，那就是哈維學習駕駛「在這兒號」的最佳時機了。

當哈維第一次轉動舵輪，讓「在這兒號」跟著他的動作滑過浪尖時，不禁興奮得微微發抖。他想，他永遠都無法忘記這種奇妙的感覺。

哈維和其他孩子一樣，喜歡模仿大人的動作。他會像狄斯科一樣，把全身趴在舵輪上，用雙手掌舵.；他會學賈隆釣魚的姿勢，將魚

線提得半天高；他搖槳的姿勢既有力又有節奏感，彷彿是曼紐爾的翻版；他還喜

歡學普拉德大搖大擺走在甲板上的神氣模樣。

這天，賈隆一邊看著哈維值班的背影，一邊對其他人說：「看他這個模樣真

叫人欣慰。我願意拿我所有的工錢打賭，他絕對不是為了有趣才模仿的，他絕對

是把自己當成一名勇敢的水手了！」

「是啊，他和阿丹簡直就像一對雙胞胎，老是喜歡擺出老氣橫秋的派頭。」

普拉德走向船艙，對狄斯科說：「我想你這次看走眼了，哈維怎麼看也不像是個

瘋子。」

「他剛上船時，確實是瘋瘋癲癲的。」狄斯科正經地說：「不過，自從我給

了他一記教訓後，他就清醒過來了，而且表現得愈來愈好。」

哈維和大家愈來愈熟之後，講話也變得毫無忌諱，不過在狄斯科面前，他一

點也不敢隨便。即使那位船長用和藹的語氣詢問他：「你願不願意替我做這件

事？」或是給予勉勵：「你做得真好！」他都絲毫不敢大意。狄斯科那張剛毅的

面孔和布滿皺紋的雙眼，使他看起來非常有威嚴，叫人不得不服從命令。

閒暇的時候，狄斯科會握住哈維拿著鉛筆的手，沿著他們的航線，帶哈維認識航海地圖。「在這兒號」從美國東海岸的格洛斯特市向北出發，沿途經過法國的阿弗赫市、西島、漁人島、聖皮耶赫島，然後抵達紐芬蘭的大岸市。同時，狄斯科也會教導哈維如何使用四分儀。

哈維在使用四分儀這方面，比阿丹厲害得多，因為他擁有數字概念，反應也快。他只要捧著四分儀，再往海面上的太陽看一眼，就能知道「在這兒號」目前所處的位置。

然而在其他事情上，哈維就比不上阿丹了。阿丹能夠在漆黑的夜裡，飛快地替流釣魚繩穿上魚餌，並找出需要的纜繩；也可以在索爾特叔叔身體不適時，接替剖魚的工作；除此之外，他只要憑藉吹拂在臉上的風力，就知道該如何駕駛「在這兒號」。

遇到暴風雨的日子，大家喜歡坐在船艙裡談天，述說個人的寶貴經驗或奇聞

軼事。狄斯科談的都是關於航海和捕魚的真實故事，例如從前的人怎樣到北極去獵捕鯨魚，結果捕鯨船撞上冰山，全部的人都葬身海底；還講了一支由一百多人組成的極地探險隊在冰上漂流了三天三夜，最終順利獲救的故事。不過所有故事中，哈維最喜歡他描述鱈魚在海底吵架，並請其他魚類調解糾紛的過程。狄斯科說得繪聲繪影，簡直就像曾經親眼目睹一般。

賈隆喜歡說鬼故事，經常把大家嚇得魂不附體。他說從前有艘運金船發生海難沉到海底，水手化成鬼魂守著那批珠寶的故事；又說某個海域附近，有一艘無人駕駛的幽靈船在霧裡漂來漂去；還說一個落海的水手會在半夜裡划著小船，一邊吹口哨，一邊尋找替死鬼。

起初，哈維對賈隆的那些鬼故事嗤之以鼻，但聽到最後，還是嚇得起雞皮疙瘩，全身直冒冷汗。

普拉德喜歡談他在「俄亥俄號」上時的點點滴滴，以及參與戰爭的經歷。他描述他和夥伴們繞過南美洲的合恩角，並開砲和對手交戰的驚險過程；還說他們

為了封鎖海岸，在海上待了幾個星期。那時正值寒冬，因此全船的官兵得不分晝夜，不斷地砍掉繩子和滑車上的冰霜，以免船身過重，沉進海底。

曼紐爾說起話來不疾不徐，音調十分柔和。他說的大多都是有關他家鄉馬德拉群島的風俗習慣，以及水手們在紐芬蘭港口喝酒鬧事的糗態。

索爾特叔叔的話題總是離不開他發明的肥料，他認為他畢生最大的成就，就是提倡綠肥——用苜蓿草來取代化學磷肥。如果哈維在他高談闊論的過程中，表明自己支持化學肥料，索爾特叔叔就會從床底下的箱子裡拿出一本書，大聲地念給哈維聽；假如哈維還想繼續反駁，賓斯法尼亞就會露出難過的表情，使哈維不好意思再說下去。這麼一來，哈維倒養成了仔細聆聽別人說話的好習慣。

沉默寡言的廚師通常不會加入談話，不過他只要一開口，大家都會拉長耳朵仔細聆聽，尤其是阿丹和哈維，更是聽得津津有味。他說了關於狗兒在冰天雪地的北極，拉著雪橇去送信的感人故事；還說了破冰船撞開浮冰、清理航道的刺激過程。

就這樣，哈維一邊吸收新知識，一邊呼吸海上的新鮮空氣。漸漸地，他的臉色愈來愈紅潤，身體也比以前更加結實強壯了。同時，「在這兒號」繼續朝北行駛，貨艙裡的銀白色鱈魚也愈堆愈高。

狄斯科找魚的本事遠近馳名，因此周圍的漁船隨時都在觀察「在這兒號」的一舉一動。為了擺脫他們的糾纏，他會趁著海面上起霧時，悄悄地溜開那些人的視線。狄斯科不喜歡結伴而行有兩個原因：第一、他想要做一些開創性的實驗，不想要被其他人打擾；第二、他不喜歡和不同國籍的人組成船隊，因為他認為有些國家的人民性格較為暴戾，若是在航行中起衝突，就容易發生意外。

有一天，阿丹說：「爸爸，貨艙裡的鱈魚堆積如山，看來我們在大岸市待不到兩個星期，就可以回家了！哈維，你在那裡會看見來自世界各地的船隊。那時候，我們捕魚的工作才算真正開始呢！幸好我們是在一個月前把你救上來，否則就來不及把你調教好去見『老聖母』啦！」

之前跟著狄斯科學習航海知識時，哈維就已經在地圖上看見「老聖母」和其

他擁有古怪名字的小暗礁。他知道那裡是他們航程的終點，也明白假如他們運氣好，會在那裡捉滿一整船的魚。不過「老聖母」在地圖上只有一個小黑點大，哈維不免擔心狄斯科究竟能否只靠四分儀和重測錘，順利地找到那個地方。

船艙裡除了放著狄斯科的航海法寶之外，還有一面四英尺寬、五英尺長的大黑板。哈維始終不知道它有什麼用處，直到有一天，他們遇到了一艘法國漁船，他才弄明白。

那天，他們在海上停下來一會兒、稍作休息時，突然聽見一陣霧角聲。那個物品是用雙腳踩動來發聲，聲音聽起來彷彿大象在吼叫。

「有人在問路！」賈隆說完，就看見霧裡鑽出一艘紅色的三桅帆船。「在這兒號」立刻敲了三下鐘，警告來船小心。

那艘大船連忙後退，船上發出了一陣嘈雜的呼喊聲。

「是法國佬。」索爾特叔叔鄙夷地說：「從漁船的樣式來看，肯定是來自聖馬洛。」

普拉德用生疏的法語大喊：「喂，退後，再後退一點！你們是從哪裡來的？聖馬洛嗎？」

「沒錯！沒錯！」大船上的水手一邊揮動帽子，一邊用生硬的美語說：「板子，板子！」

「阿丹，快去把黑板拿來，然後告訴他們四十六和四十九。我相信我的判斷不會錯的。」狄斯科說。

阿丹立刻把這兩組數字寫在黑板上，再把板子掛在主桅杆上。原來，那些數字代表的是他們現在所處的經度和緯度。法國船上的人一看，開心地道謝。

「小傢伙，我想和那些法國佬換一點菸草，你會說法語嗎？」索爾特叔叔摸了摸口袋後，問哈維。

「我會!」哈維高興地回答,然後立刻轉頭,用嫻熟的法語大喊:「喂,等一等!我們想和你們換一點菸草!」

「噢,沒問題!」法國佬連忙將船停了下來。

「他們聽懂啦!」普拉德興高采烈地說:「翻譯先生,我和你一起去吧!雖然我不會說法語,但是非常懂得談判!」

於是,哈維和普拉德一起上了那艘法國船。很快地,哈維就發現他的法語根本派不上用場,因為那些水手聽不懂他的腔調。因此,除了點頭和微笑之外,他什麼忙也沒幫上。可是,普拉德卻比手畫腳地和大家聊得非常愉快,船長甚至請他喝了一杯香醇的琴酒。

過了一會兒,大夥兒開始認真談起生意。法國佬想用菸草來換一些巧克力和餅乾,所以哈維划船回去,把那些東西帶到法國船上。雙方在舵輪旁邊,一樣一樣地清點,誰也不占誰的便宜。

最後,交易圓滿達成。普拉德和哈維的身上塞滿菸草和口香糖後,爬回了平

底船。那些生性樂觀的法國水手們則揚帆開船，駛進了白茫茫的霧裡。過了一陣子，哈維隱約還能聽見他們快樂的歌聲。

他們倆回到「在這兒號」之後，哈維不解地問普拉德：「為什麼他們聽不懂我的法語，卻能明白你的手勢呢？」

普拉德大笑著回答：「哈！這可是全世界通行的語言呢！那些法國佬並不是土生土長的法國人，而是法屬的聖匹及密啟倫群島人。他們說的法語怪腔怪調，當然聽不懂你的正宗法語了。我告訴你，只要會扳手指頭、點頭和搖頭，就能和那些人打交道啦！」

經歷了這次事件之後，哈維深深覺得在海上生活，真是一門非常大的學問。

看來，他要學習的事情還很多呢！

第六章 海難

「在這兒號」繼續沿著海岸，朝北行駛。他們一路上走走停停，每天都放平底船出海捕魚，漁獲量就這樣穩定地持續增加。

一天晚上，正當大家都在甜甜的夢鄉時，值班的索爾特叔叔突然高聲大喊：

「烏賊來啦！」

大家連忙從床上爬起來，拿著烏賊鉤去釣烏賊。這種粉紅色的烏賊鉤和其他釣鉤不同，它的鉛條上有一圈向上彎曲的針，彷彿一把沒有完全撐開的傘骨。不知道為什麼，烏賊只要一碰到它，就會被纏得無法動彈，因此釣烏賊的人只要在牠尚未從那圈針裡逃脫之前，把釣鉤提上來就可以了。他們連續工作了一個小時之後，甲板上就堆滿了許多烏賊。

烏賊是鱈魚最愛吃的食物，所以第二天早上，大夥兒用烏賊作餌，釣到了許

多肥美的鱈魚。下午，就在大家忙著破魚時，聲名狼藉的「畢嘉莉號」迎面駛了過來。他們見「在這兒號」上有許多烏賊，便想用七條鱈魚來換一隻烏賊。不過狄斯科不同意，「畢嘉莉號」只好把船開到一英里半以外的地方停下來，打算自己動手碰碰運氣。

狄斯科默默地注視著「畢嘉莉號」的動靜，並在用過晚餐後，將內心的想法告訴大家，然後吩咐阿丹和曼紐爾划船出去，在錨索上裝浮標。恰巧，「畢嘉莉號」上的一個船員在附近打魚，他看見兩人的舉動後感到非常奇怪，因為在錨索上裝浮標，通常是怕船錨被海底的岩石纏住時才會做的事情。可是這裡的海底並沒有岩石，根本不需要擔心船錨會被東西卡住。

那名船員忍不住好奇地詢問，沒想到卻得到阿丹的冷嘲熱諷：「我父親說他不相信『畢嘉莉號』，所以只要你們在附近，我們就得早點做準備。」

「我們哪裡妨礙到你們了？」那人不高興地說。

「因為你們停在我們的上風處啊！誰都曉得『畢嘉莉號』就像是一匹脫韁的

野馬，經常發生錨索斷裂，順著風亂闖的事故。

「哼，我們這一趟出海以來，還沒有在海上亂漂過！」那名船員被人當面揶揄，心裡非常不是滋味。

「哦，是嗎？」阿丹嘲諷地說：「那你能說說看，為什麼你們又換了一個新的船頭三角帆桁嗎？」

「你這個只會拉手風琴的小鬼，還是趕快滾回格洛斯特讀書吧！別出來丟人現眼了！」那人破口大罵。

「你才是！回去把『畢嘉莉號』澈底翻修一遍吧！免得出來危害別人！」阿丹不甘示弱地大聲吼回去。

雙方你來我往，誰也不讓誰。阿丹和曼紐爾一邊划船，一邊向對方叫囂，直到上了「在這兒號」才閉上嘴巴。

狄斯科嚴肅地告訴大家：「今晚大家得保持清醒，因為雖然『畢嘉莉號』現在安穩地停泊著，但誰也無法預料半夜起風後會發生什麼狀況。」

太陽下山後，風力果然愈來愈強，海浪也愈來愈凶猛。大夥兒緊盯著遠方的「畢嘉莉號」，只見它搖搖晃晃，看起來弱不禁風。到了半夜，「畢嘉莉號」突然發出三聲急促的槍響，警告周遭的船隻。

「它朝我們衝過來了！」阿丹大叫。

狄斯科立刻砍斷錨索，利用船頭的三角帆和碇泊帆，讓「在這兒號」掉轉船頭。說時遲那時快，「在這兒號」才剛空出航道，「畢嘉莉號」就緊挨著他們的船舷衝了過去。

「晚安！」狄斯科舉著帽子說。

「回俄亥俄州去，買幾匹騾子來拉你們的船吧！」索爾特叔叔挖苦說。

「要不要我把小船上的錨借給你們啊？」賈隆大喊。

「你們乾脆把舵輪拆了，插進爛泥巴裡吧！」普拉德大笑著說。

「快滾回去！」阿丹站在主桅杆上，幸災樂禍地揶揄：「你們家鄉的修船廠還沒打烊呢！」

「把舵索卸下來，釘在船底當錨索吧！」哈維驕傲地用水手們的行話來消遣他們。

「晦氣星在表演水上芭蕾呢！」曼紐爾趴在船舷上，悠哉地欣賞著「畢嘉莉號」華麗的轉身。

「向右轉，再繞一圈！對，就是這樣！」賓斯法尼亞也開心地說。

調侃完「畢嘉莉號」後，大夥兒連忙將船駛回剛才停泊的地方，尋找被砍斷的錨索。他們花費了整整一個晚上，才將所有裝了浮標的錨索收上來。不過，兩個孩子都認為這點代價根本不算什麼。況且，他們還有好多挖苦的話來不及和「畢嘉莉號」上的船員們說呢！

第二天，他們遇見了許多漁船，而且大家的航線一致，都是從東北方往西行駛。就在他們快要抵達「老聖母」時，海上又起了大霧，大家只好把船停下來，

不敢輕舉妄動。濃霧瀰漫整個海面，雖然四周紛紛傳來響亮的鐘聲，卻無法看見正在打鐘的漁船。

這天早上，哈維和阿丹一起床，就躡手躡腳地跑去廚房偷煎餅吃。其實，他們可以直接和廚師要幾片，然後光明正大地大快朵頤一番。可是，他們認為用「偷」的比較刺激有趣，而且還能順便逗廚師生氣。

他們拿到煎餅後，立刻被船艙裡的悶熱空氣趕上甲板。這時，狄斯科正好在打鐘，一看見兩個孩子，便把這項工作交給了哈維。

「繼續打鐘。」他說：「我好像聽見了郵輪的汽笛聲，希望不要發生什麼事故才好。」

哈維敲出來的鐘聲小得可憐，聲音散布到濃霧後變得若有似無，但他依然賣力地做著狄斯科交代的任務。在斷斷續續的鐘聲裡，他聽見了響亮的汽笛聲。過了幾個月的海上生活後，哈維明白郵輪為什麼要鳴汽笛。這個可怕的聲音讓他回想起過往的記憶，那時候的他有一個舒適的艙房，房間裡不僅有熱水可以洗澡，

還有各式各樣的美味點心。他遇難的那一天，還口無遮攔地說要是那些漁船被郵輪撞上，就只能自認倒楣。

現在的他和以前大不相同，不僅在清晨四點鐘起床，還在濃霧裡拚命地敲著鐘，警告在附近行駛的郵輪不要靠近，免得發生事故。他一想到郵輪上的那些人正舒服地躺在被窩裡，絲毫沒有察覺到自己即將撞上漁船，便不由得心口一緊，更加用力地打鐘。

「太好了，郵輪已經按照航海法規放慢速度了。不過，我還

得再警告他們一下。」阿丹說完，拿起曼紐爾的號角吹了起來。

「嗚——嗚——」是汽笛聲；「噹——噹——」是鐘聲；「嘟——嘟——」

是號角聲，所有的聲音交織在濃霧中，不禁令人感到心浮氣躁。這時候，哈維感

到有個東西正朝他們靠近，他抬頭一看，發現一個濕漉漉、像懸崖一樣的船頭正

聳立在上方，眼看馬上就要壓過「在這兒號」了！

就在哈維認為他們必死無疑的時候，滔天巨浪忽然往後退去，郵輪也跟著退

到距離他們幾英里的浪渦裡。哈維如釋重負地嘆了一口氣，但郵輪槳葉所激起的

一波急流，使「在這兒號」劇烈地搖晃起來。忽然間，一個木箱掉落在甲板上，

發出一聲巨響，嚇得哈維差點暈過去。

就在這個時候，他聽見遠方傳來一個微弱的聲音說：「停！停！你把我們的

船撞沉了！」

「是不是我們的船？」哈維顫抖地問。

「不是，是別的船！繼續打鐘，我出去看看！」阿丹說完，立刻跳上了一艘

平底船。

船上除了哈維、賓斯法尼亞和廚師之外，所有人都乘著小船出去救援了。沒多久，一根折斷的前檣從他們的船頭漂過去。接著，又漂來一艘空無一人的綠色平底船。更恐怖的是，後面還跟著一個臉朝下、身穿藍色針織衫的屍體。賓斯法尼亞看見後，忍不住倒抽了一口氣；哈維則絕望地敲著鐘，深怕他們隨時會被其他艘郵輪撞成兩半。過了一會兒，船員們回來了。哈維一聽到他們的聲音，立刻跑上前去。

「『珍妮‧庫什曼號』被切成兩截了！」阿丹把頭埋進雙手裡，哽咽地說：「殘骸就在半英里之外。我父親救了老庫什曼，可是其他人，包括老庫什曼的兒子，全都葬身海底了！」

就在阿丹說話的同時，其他船員把一個滿頭灰髮的老人拖了上來。

「狄斯科，你為什麼要救我？」老人痛苦地大吼：「要是你們不管我，我那可憐的太太還能向上天禱告，靠著一絲希望活下去。現在，我得親口告訴她這件

悲痛的消息了！」

「不要再說了，你到船艙去休息一會兒吧！」狄斯科把手重重地按在那人的肩膀上，紅著眼眶說。

大家站在一旁默默不語，誰也想不出什麼話來安慰那位傷心欲絕的老人。就在這時，一艘雙桅船打著鐘朝他們靠近，霧裡傳來一個聲音說：「喂，狄斯科，你知道『珍妮・庫什曼號』失事了嗎？」

「知道，老庫什曼就在這裡。你們有找到其他人嗎？」狄斯科回答，聲音聽起來有些顫抖。

「我們只在前艙的一堆木頭裡找到一個人。」對方說：「他的頭擦傷了，不過沒什麼大礙。」

「是誰？」「在這兒號」的人繃緊神經，異口同聲地問。

「是小庫什曼。」

「萬歲！你們真是功不可沒啊！」狄斯科說。

「哦，是嗎？」那人不以為然地說：「昨天晚上，你們這些傢伙還對我們冷嘲熱諷呢！」

原來，那艘船竟然是「畢嘉莉號」！

「對不起，我為那天的行為向你們道歉。」狄斯科誠懇地說。

「沒關係，過去的事情就算了。你們把老庫什曼送過來，好嗎？我們船上正好缺少一個操作絞錨盤的人。放心，我們會好好照顧他的。」

「沒問題。你們還需要其他的東西嗎？」

「什麼都不需要。噢，等等，那你給我們一個船錨好了。啊，小庫什曼醒過來了！快把他父親送過來吧！」

賓斯法尼亞走進船艙將老庫什曼喚醒，然後由普拉德划船把他送過去。臨走前，老庫什曼不發一語，仍舊沉浸在悲傷的情緒裡。很快地，他蹣跚的背影就消失在濃濃的大霧中。

「現在，立刻起錨！」狄斯科大聲命令：「我們趕快離開這片令人不寒而慄

的水域吧！」

船員們一聽，馬上開始動作。

「你對這件事情有什麼看法？」賈隆問。他說話的時候，「在這兒號」正在潮濕的霧裡穿行。

「我認為它嚴重影響了所有船隊的士氣。」狄斯科語重心長地說。

「原本好好的一艘漁船，就在剎那間被摧毀殆盡了。」哈維想起那個怵目驚心的場景，忍不住潸然淚下。

「唉，我最擔心賓斯法尼亞！萬一他不幸恢復記憶，往後的日子不知道該怎麼活下去呢！因此，我希望大家盡量不要在他的面前提到這次的事故，免得釀成另一場悲劇。」

大家點了點頭，同意狄斯科說的話。

接下來的三、四天，狄斯科不斷地找事情給大家做，讓所有人忙得團團轉。

遇到無法划船出去捕魚的壞天氣時，他就命令船員們把貨艙裡的鱈魚重新堆疊整

齊，好挪出更大的空間來擺放戰利品。就這樣，大夥兒每天都累得筋疲力盡，連坐下來閒談的時間都沒有，自然也就不會想起那個可怕的意外了。

經過這次的意外之後，賈隆特別留意哈維的身心狀況，他怕初次航海的哈維遇到可怕的海難，會忍不住精神崩潰。賈隆只要一看到他稍微露出難過的神色，就會拿起繩子鞭策他，然後口氣嚴厲地說：「『傷心』是恐怖的魔鬼，只會害人沉淪下去，一點好處也沒有！」

哈維在這段期間內想了很多，他領悟到人的生命瞬息萬變，因此不僅要好好把握時光充實自己，更要善待身邊的人，免得留下遺憾。阿丹也同意他的想法，並提議說再也不要去偷煎餅，惹廚師生氣了。

「在這兒號」在濃霧裡行駛了許多天，最後終於在某一天早上，狄斯科興奮地對著船艙內大吼：「孩子們，快來！我們抵達『老聖母』啦！」

第七章　抵達「老聖母」

哈維永遠不會忘記他初次來到「老聖母」時所看見的景象。那時，太陽正緩緩地從海平面升起，紅色的光芒低低地照在碇泊帆上。海面上大約有一百艘的帆船，它們分成三支縱隊，分別行駛在南方、北方和西方。每艘船都隨著洶湧的波浪起起伏伏，彷彿在和周遭的鄰居打招呼。散布在大船附近的平底船像小甲蟲一樣，密密麻麻地浮在藍色的海洋上。

幾英里外，傳來了人們的喧嘩聲、纜索的滑動聲和船槳拍打水面的聲音。在這裡，彼此交談必須扯開喉嚨大吼，對方才能聽清楚你說的話。

「哇！這裡簡直就像是一個城鎮！」哈維好奇地四處張望。

「今年來的人特別多呢！現在這裡恐怕有兩百艘漁船。」狄斯科指著一片綠色的海域說：「你看，那裡就是聖母礁。」

「在這兒號」往北方的船隊緩緩駛去，並在沿路上遇見不少熟人。狄斯科一邊掌舵，一邊不停揮手和其他人打招呼，然後俐落地繞到最後一艘漁船的後面停了下來。

「你們正好趕上捉毛鱗魚呢！」「瑪莉號」上的人高喊。

「喂，普拉德！今天晚上要不要一起吃頓飯？」「亨利號」上的一名男子熱情地詢問。

大家就這樣你來我往，熱絡地交談起來。就連平常沉默寡言的廚師，也和一位同鄉的水手聊得不亦樂乎。

由於聖母礁周圍的海底岩石密布，只要一不小心，船錨就會卡在石縫裡動彈不得。因此，所有的漁船都在錨索上仔細地綁好浮標之後，才將平底船放到海面上，讓船員划著小船，朝一英里外的海域前進。

大船們為了安全起見，都會互相保持一段距離。在平底船出海的這段期間，它們就停泊在原地，等候小船歸來。放眼望去，大船和小船分別就像鴨媽媽和小

鴨，前者目不轉睛地守著孩子，後者則淘氣地四處亂跑。

哈維和阿丹共同乘坐一艘平底船，向壯觀的小船堆擠過去。他們的耳邊不時傳來各地的方言，那些人的談話聲使得還不熟悉環境的哈維感到相當煩躁、腦袋裡嗡嗡作響。

普拉德彷彿是個英勇的海軍將領，神氣地率領哈維和阿丹，在船堆裡擠來擠去。他們才剛停妥不久，四周的海面忽然變得黑壓壓一片。沒過多久，千萬條銀白色的毛鱗魚躍出水面，然後又迅速落回水裡。在魚群身後不遠處，鱈魚們也像放煙火似地一躍而起，追逐牠們愛吃的毛鱗魚。接著，又有三、四隻灰鯨埋伏在鱈魚後方，打算將牠們全部吞下肚。

大家見狀，紛紛急忙起錨，將船划到魚群當中。大夥兒為了美味的獵物爭得你死我活，海面頓時成了一鍋沸騰的開水。沒多久，所有的魚都游開了。五分鐘後，除了船錨落到海裡的聲音，以及人們用木槌敲擊戰利品的聲音之外，整個海域就沒有其他聲響了。

其實，剛才的混亂裡引起了不少紛爭，因為小船一多，就容易發生釣魚線糾纏在一起的情形。哈維不僅為此和一名溫和的紐芬蘭人辯論，還與一位暴躁的葡萄牙人起了口角。

除了魚線之外，更糟糕的是放在水面下的錨具，因為每個人都認為自己把錨下在最安全的地方，然後在這附近打魚，等到魚變少了，打算換個水域時，才發現水面下的錨具和鄰居的纏繞在一起了。雖然割斷別人的錨索是非常不道德的行為，但在情況急迫之下，還是有許多人會暗中動手腳。

那天，普拉德就親眼目睹一位來自緬因州的男子，正準備砍斷他的錨索。他一個箭步衝上前，掄起大槳朝那人打下去；曼紐爾也遭遇了同樣的情形，平時溫

和的他也狠狠教訓了對方一番；不過，哈維和阿丹就沒有那麼機靈了，他們的錨索不幸遭人割斷，無法停泊捕魚，只好把小船當作運輸船，來來回回替大家把戰利品運回「在這兒號」。

傍晚時，毛鱗魚群再次席捲而來，導致白天的混亂又重演了一次。直到夜幕低垂，大夥兒才回到「在這兒號」。他們一吃完晚餐，立刻藉著昏黃的燈光，開始馬不停蹄地破魚。由於這天捉到的魚實在太多，因此最後，所有的人都累得趴在魚堆中睡著了。

隔天，有幾艘小船到聖母礁附近的海面去打魚，哈維也興致勃勃地跟著去。

在那裡，他清楚地看見那塊離水面不到二十英尺的礁石。它的上面長滿了濃密的海草，白色的鱈魚像一支訓練有素的軍隊，成群結隊地在海草裡游動。

岩礁頂端附近的波浪由於受到阻力，因此相當澎湃洶湧，經常轟地一聲，掀起驚天動地的浪花，然後迅速四散奔騰、猛烈迴旋，形成一幅十分壯觀的畫面。

平底船只能遠遠觀看，免得被捲進可怕的漩渦裡。

第二天早上，哈維發現海面忽然變得波濤洶湧、狂風大作，一艘平底船的影子也看不見。到了十點鐘，「太陽眼號」見海面逐漸平靜下來，於是放下小船出海捕魚。其他漁船見狀，也紛紛跟著效仿。轉眼間，海面又變得熱鬧非凡。

不過，狄斯科吩咐大夥兒留在大船上破魚，因為他看見天空的雲層很低，認為暴風雨很有可能會來襲，所以叫大家還是小心為妙。

到了傍晚，暴風雨真的來了。作業中的平底船走避不及，只能趕緊向附近的大船求救。哈維和阿丹提著油燈，站在小船的索具旁邊，替大家照明；大人們則忙著做救人的準備。

黑暗中，不斷傳來一陣一陣的呼救聲。「在這兒號」的船員連拉帶拖地救起一個渾身濕漉漉的人，以及那人的小漁船。沒多久，他們的甲板上就堆滿了平底船，船艙裡的床鋪也睡滿了人。

在這次驚心動魄的搜救過程中，有艘平底船被海浪打成碎片，船上的人被巨浪高高抬起，頭下腳上地摔到「在這兒號」的甲板上，當場頭破血流；還有一個

人在混亂中摔斷一條手臂，自己掙扎著爬上大船。

這一場暴風雨中，不僅有許多人受傷，還有三個人不幸溺斃，其中一位死者就是曾和「在這兒號」做過草交易的法國船船員。

一天早晨，那艘法國船揚起船帆，悄悄地來到一個杳無人煙的水域，替他們的夥伴舉行海葬。哈維透過狄斯科的望遠鏡，看見他們不捨地把一個橢圓形的布袋扔到船舷外面。

後來，普拉德到那艘法國船去表示慰問。回來後，他說那些船員打算拍賣死者生前遺留下來的物品，因為那人已經沒有任何親人了。哈維和阿丹想去那裡湊熱鬧，於是划著小船出發了。雖然他們抵達時，拍賣會已經接近尾聲，不過阿丹還是幸運地買到了一把刀柄精美的小刀。

回程時，天空忽然下起綿綿細雨，白霧也逐漸圍攏過來，不到十分鐘，兩人就已經看不清四周的景色了。

「在霧裡橫衝直撞太危險了。」阿丹冷靜地說：「哈維，把錨放下去，我們

就先在這裡捕魚，等霧散開了再動身。」

哈維見浪潮洶湧，於是挑了一個最重的墜子當錨，然後拉起衣領抵擋寒氣，專心地垂釣。他的動作俐落，彷彿是個經驗老到的船員。這片海域的鱈魚似乎餓壞了，才一會兒工夫，他們就已經收了好幾次魚線。阿丹趁著空檔把玩新買的小刀，還在船板上劃了幾刀，試試刀鋒的銳利程度。

阿丹一邊揮舞小刀，一邊說。

「這把刀真好！」哈維讚嘆：「他們怎麼捨得賤價出清呢？」

「因為那些法國佬認為只要拿了死者的東西，那個人的鬼魂就會找上門。」

「你不害怕嗎？」

「不怕！我才不相信這個世界上有鬼。況且，人除了努力工作之外，也要懂得把握機會，否則你永遠也得不到想要的東西。」

哈維聽了這番話之後，忍不住對阿丹說：「你可以把這把刀轉賣給我嗎？我願意用兩倍的價錢來向你購買。」

「你真的喜歡這把刀？」阿丹興奮地說：「老實說，我一開始就打算把它送給你，但是我怕你不喜歡，所以一直不敢開口。喏，這把刀是你的了。哈維，我們要做一輩子的好朋友喔！」

「可是，我不能平白無故……」

「別再說了，趕緊收下吧！」

「阿丹，你真好！」哈維感動地說：「我一定會好好愛惜它的。」

「這樣才對嘛！」阿丹高興地哈哈大笑，接著突然緊張地大叫：「喂，你的魚線繃得好緊，好像是釣到大傢伙啦！」

哈維拉了拉魚線，發現卡得很緊，於是先把腰帶繫好，再用掛鉤把身體扣在坐板上，然後使勁去拉，可是它仍舊紋風不動。

「真是奇怪！」哈維狐疑地說：「這附近的海底都是沙地，沒有海草，釣鉤不可能被卡住呀！」

阿丹伸手拉了一下魚線，然後說：「若是碰上比目魚不想游動的時候，也可

能發生這種情形。我們倆合力把牠拉上來吧！」

兩個孩子一起動手，每拉回一段魚線，就順勢將它綁在繫索柱上，免得獵物掙扎時，繩索又滑進水裡。過了一會兒，水面下的重物緩緩被拉上來了。原本相當興奮的阿丹，突然發出淒厲的慘叫，原來浮出水面的不是大比目魚，而是那位法國船員的屍體！牠的腋下卡著魚鉤，頭和肩膀露出水面，原本緊纏的白布條散了開來，在海面上漂啊漂，模樣看起來非常嚇人。

「我的天啊！」阿丹慌張地大喊：「牠一定是來要那把刀子的！哈維，快把小刀扔出去！」

「還給你，我不要刀子了！」哈維一邊哭喊，一邊解開腰帶上的掛鉤，然後顫抖地將小刀扔進海裡。

哈維害怕地瞄了那個屍體一眼，小聲地說：「阿丹，牠還卡在魚鉤上，可是我不敢解開。」

阿丹立刻抽出自己的小刀，割斷魚線，那具屍體撲通一聲沉了下去。兩個孩

子面面相覷，臉色相當慘白。

「我真不應該不信邪。」阿丹喃喃自語地說。

「不過，我認為祂是被海流帶來這裡的。」哈維想了想，冷靜地分析：「跟法國佬的迷信應該沒有什麼關係。」

「祂一定是來要刀子的！」阿丹肯定地說：「祂下葬的地方離這裡有十幾英里遠，況且普拉德說，當時祂的身上綁了一條非常重的鐵鍊，所以祂怎麼可能漂到這裡來呢？」

哈維愈想愈害怕，連忙將船裡的魚扔進海裡。

「喂，你在做什麼？」

「我要把這些不吉利的魚統統扔掉。」

「為什麼？反正我們又不吃這些魚。」

「我不管！一看到這些魚，我就會想到那具濕淋淋的屍體。如果你不介意，那就把你的戰利品留下來吧！」

阿丹聽完後默不作聲，也把他的魚統統丟掉了。

「哈維，把你旁邊的號角遞過來，我通知普拉德來接我們回去。」

沒想到，阿丹接過號角後，卻遲遲不吹響。

「趕緊吹吧！我不想在這裡過夜。」哈維忍不住說。

「不是我不吹，我是怕被『祂』聽見。很久之前，有個船員曾告訴我，他以前的船長在一次酒醉時，不小心淹死了一個小孩。後來，他們只要一吹號角，那個小孩的鬼魂就會一邊划著小船，一邊大喊：『平底船！平底船！』」

這時，濃霧裡忽然傳來一陣悠悠的喊聲：「平底船！平底船！」

阿丹嚇得目瞪口呆，號角從他的手裡滑落下來；哈維則害怕地縮在船底，瑟瑟發抖。

過了一會兒，哈維冷靜下來後說：「那好像是廚師的聲音！」

阿丹連忙豎起耳朵仔細聆聽，果然聽見廚師焦急地喊著：「阿丹，哈維，你們在哪裡啊？阿丹，哈維……」

「我們在這裡！」兩個孩子齊聲大喊。

接著，他們聽見船槳划動的聲音。沒多久，兩人就看見廚師的身影從白茫茫的濃霧裡鑽了出來。

「發生什麼事了？你們回去後，鐵定會被痛罵一頓。」

「我寧願挨罵，也不要繼續待在這裡。」阿丹連忙將事情的經過一字不漏地告訴廚師。

沒想到，廚師聽完後斬釘截鐵地說：「沒錯，他是來要刀子的。」

回到「在這兒號」後，兩個孩子頓時覺得這艘船是世界上最溫暖的地方，甚至連狄斯科嘮叨的聲音都像天使在唱歌呢！

第八章 滿載而歸

接下來的日子天氣晴朗，每艘漁船都急著大展身手，想贏得第一個離開聖母礁的光榮頭銜。經過幾天的明爭暗鬥，最後只剩下「在這兒號」和「裴利號」競爭。所有的船隊都知道這兩艘船的進度不分軒輊，因此紛紛興致勃勃地用菸草下賭注，猜測誰會最早滿載而歸。

「在這兒號」動員了所有人來打魚和破魚，他們從黎明前便開始埋頭苦幹，一直做到夜色漆黑、累到眼皮再也睜不開，才停下手邊的工作。狄斯科甚至叫廚師幫忙叉魚，改派哈維到儲藏室遞鹽巴，讓阿丹加入破魚的行列。

幸運的是，「裴利號」上的一個船員不小心從桅杆上摔下來，扭傷了腳踝，無法工作，讓「在這兒號」瞬間大幅領先。哈維覺得船艙裡已經滿的再也容不下一條魚了，然而狄斯科和普拉德東挪西移，總是有辦法騰出空間。

這幾日，狄斯科總說再一天，工作就全部結束了。然而船員們每天起床，還是有處理不完的漁獲。

這樣的生活持續了好幾日，終於在某一天早晨，狄斯科連滾帶爬地從船尾的儲藏室拖出一面大主帆。到了中午，船員將碇泊帆卸下來，升起那面大主帆和頂帆。小漁船們見狀紛紛划過來，用羨慕和嫉妒的眼神看著「在這兒號」，並託他們帶家書回去給妻兒。

下午，大夥兒將「在這兒號」的甲板、釣具和平底船清洗乾淨後，狄斯科神氣地升起船旗，宣示他們是第一艘離開聖母礁的漁船！

阿丹彈著手風琴，普拉德拉著小提琴，情緒激昂地為大家在鹽巴用盡時才能唱的歌伴奏：

嘿！嘿！嘿唷！快把你的信送來！

我們的鹽用光了，即將快樂地啟航！

繫緊纜繩啊!

我們即將帶著十五萬公斤重的魚,

以及花花綠綠的鈔票,

光榮地回家!

「在這兒號」一邊演奏,一邊在船隊中穿梭。船頭的主帆迎風輕輕擺動,彷彿在向其他船員揮手道別。最後,大船終於駛離那片冰冷的海域,朝著家鄉快速前進。

沒多久,哈維就發現「在這兒號」不再像之前那樣張著碇泊帆,慢吞吞地從這個地方開到另一個地方停泊了。現在的大船在無論何時都卯足全力往前衝刺,簡直就像是個歸心似箭的孩子。哈維感受到船艙裡的貨物朝海浪撲過去的沉重力量,也覺得船身兩側激起的浪花令他頭暈目眩。

一路上,狄斯科都忙著指揮船員調整纜索,使船帆兜滿風。碰上沒有風的時

候，阿丹就得待在主桅杆上，隨時準備改變那面主帆的迎風方向。此外，大家只要一有空，就會忙著用幫浦把貨艙裡的鹽水抽出去，免得影響貨物的品質。

回程的路途中，哈維開始用另一種心情來欣賞大海。沉重的貨物使得「在這兒號」吃水深，低低的船舷和四周的海浪幾乎呈水平線，只有當它被衝上高高的浪尖時，才能看見一點地平線。哈維發覺自己深深愛上討海的生活，他每天都站在甲板上忘我地看著海上的景色，要不是夜晚的海風冷得刺骨，他還真捨不得進去船艙裡睡覺呢！

不過，他最喜歡的還是和阿丹一起駕駛「在這兒號」，並由普拉德在一旁協助指揮。看著漁船在自己的操控下全速前進，讓哈維的內心有股說不出的感動與自豪。他真想讓父母看見這一幕，使他們引以為傲。

有一天，阿丹對哈維說：「『在這兒號』就快要靠岸囉！我想，在你家人來接你之前，你還得和我們待一陣子。回到陸地後，你最想要做什麼事？」

「洗熱水澡！」哈維興奮地說。

「這個主意的確不錯，不過，我還是最想要穿上舒服柔軟的睡衣。從我們掛帆出航以來，我每天都夢見睡衣！哈維，我們終於要回家啦！說不定我們能夠趕回家享用香噴噴的晚餐呢！」

船帆隨著風起舞，在潮濕的空氣中搖搖擺擺。「在這兒號」駛入了平靜的水域，湛藍的海面上映照著動人的月光。

忽然間，天空下起了一場磅礴大雨，雨滴落在堅硬的甲板上，發出劈哩啪啦的聲響。

大雨結束後，哈維和阿丹光著腳丫，捲起袖子，悠閒地躺在甲板上，討論著上岸後要吃什麼美食。

這時候，有一艘來自格洛斯特的漁船迎面駛來，船頭的甲板上站著一個人。

他揮舞著手裡的魚叉，興高采烈地大喊：「你們平安回來啦！狄斯科，魚販們都在等著你呢！」

狄斯科也高興地向他揮手致意，不久，兩艘漁船的距離就愈來愈遠了。黑暗中，幾點宛若星星的燈光在風裡閃爍著。這些燈火愈來愈清晰，體積也不斷地擴大。原來，那些燈光所在的位置就是陸地。

狄斯科駕駛著「在這兒號」，朝碼頭直直開去。值班的領航員見狀，連忙指揮他繞過停泊在那裡的拖船。哈維的心臟跳得飛快，感覺他所經歷的一切簡直就像是在做夢一樣。他聞到雨後的泥土味，也聽到一艘輪船開往貨運碼頭的聲音。

接著，有人朝他們丟來一條粗繩子，大家趕緊把繩子牢牢綁在繫索柱上，「在這兒號」才終於安穩地停泊在碼頭。

每位船員的親朋好友一等漁船靠岸，立刻爬上來抱住朝思暮想的打魚人。大家熱絡地交談，場面十分溫馨。過了一會兒，一位高大的婦人爬上船，捧住阿丹

的臉頰，一連親了好幾下。原來，她就是阿丹的母親。哈維一個人靠著舵輪坐下來，眼淚忍不住奪眶而出。此時此刻，他覺得自己彷彿是全天下最孤單、最無助的孩子。

阿丹看到好友如此難過，連忙邀請他與自己的家人一同回家。阿丹的母親從丈夫那裡得知了哈維的遭遇，並感到十分同情。她熱情地將哈維摟在懷裡，希望能夠帶給他一點溫暖。

大夥兒回到家後已經是黎明時分，此時電報局尚未開門營業，哈維只好焦躁不安地暫住在好友的家裡。

第二天，有幾位魚販來看貨，但就是不肯按照狄斯科開出的價格收購。不過根據以往的經驗，那些人不用三天就會放下身段、照單全收，因此他不僅不急著做買賣，還大方地給船員們放幾天假。

所有人都樂不可支，一點也不想錯過玩樂的好機會。賈隆和普拉德到街上兜風；曼紐爾到教堂做禮拜；阿丹和哈維搭乘電車，來到格洛斯特的東區玩耍。在

海邊的燈塔下，哈維將剛才發出去的電報，大聲地念給阿丹聽。

「哈！這下我父親糊塗大啦！他總是說自己的判斷不會錯，但這次就錯得一塌糊塗！我等不及要看他錯愕的表情了！」阿丹賊笑著說：「哈維，你暫時不要將這件事告訴其他人，就把它當作我們倆之間的祕密吧！」

哈維微笑地點點頭，難得能開一次狄斯科的玩笑，他當然非常樂意配合。不過，他在內心偷偷祈禱，希望狄斯科知道真相後，不要惱羞成怒才好。

從那一天起，阿丹和哈維就經常湊在一起說悄悄話，就連吃飯時也在桌子底下踢來踢去，讓狄斯科看了十分惱火。

「阿丹，你要是繼續那樣嘻皮笑臉，我一定會好好教訓你。」狄斯科不高興地說：「哈維不正常，你怎麼也跟著他瘋瘋癲癲的？」

「如果他們倆是我的孩子，我早就狠狠教訓一番了。」索爾特叔叔在一旁附和。他和賓斯法尼亞也暫住在狄斯科的家裡。

「爸爸，您怎麼還說哈維不正常呢？您就這麼不相信他說的故事嗎？」阿丹

不以為然地說。

「當然！他編造的那些有錢人家的故事，只有你這種沒見過世面的孩子才會相信。」狄斯科固執地回答。

「究竟是誰的判斷正確，答案很快就會揭曉，您等著瞧吧！」阿丹非常有自信地說。

「阿丹，別說大話了，否則到時真相大白，你會像含羞草一樣羞愧得連頭也抬不起來。」索爾特叔叔說：「如果他家真的像他說得那麼有錢，怎麼到現在連一點消息也沒有？我看你還是好好睡個覺，讓腦袋清醒一點吧！」

另一方面，雖然約翰‧伽尼這位千萬富翁因為失去兒子傷心不已，但他還是得繼續處理手上的繁瑣工作，以確保公司能夠順利營運。幾個月前，他曾去東部探望過幾乎崩潰的妻子。他請了許多名醫和訓練有素的護士來照顧她，可是病情仍舊毫無起色。他的妻子整日臥病在床，她只要一睜開眼睛，就會一邊流淚，一邊訴說自己有多麼想念她的心肝寶貝。

老伽尼見狀悲慟不已，忍不住一邊流著眼淚，一邊喃喃自語：「這樣活著還有什麼意思？」

他曾經把希望寄託在兒子身上，期盼他大學畢業以後，能夠接下他苦心經營的龐大家產。平時的他因為工作忙碌，幾乎沒有什麼時間陪伴兒子，因此他巴不得兒子快點長大，好成為他事業上的夥伴和朋友。要是父子倆共同攜手經營，公司一定能有更好的發展。如今他的兒子在海上失蹤了，妻子也因為絕望而奄奄一息，所有的冀望都將成為泡影。

這天，老伽尼坐在辦公室裡，無精打采地看著員工們埋頭苦幹，心裡正在為木材廠工人要求加薪，以及其他家鐵路公司搶生意的問題煩惱。以前的他通常會鬥志激昂地接受所有挑戰，可是失去孩子的他已經對這些事情毫無興趣。他有氣無力地坐著，時而盯著自己的皮鞋，時而望著窗外的輪船。

突然，祕書停下手邊的工作，臉色蒼白地遞給老伽尼一封電報：

> 親愛的父親，
>
> 　我落水以後，被雙桅船「在這兒號」救起，並隨著他們一起出海捕魚。我現在住在船長狄斯科位於格洛斯特市的家，一切都很好。請寄錢過來，或是發電報告訴我接下來該怎麼做。母親還好嗎？
>
> 　　　　　　　　　　　　　　　哈維‧伽尼

電報從老伽尼的手中掉落，他把頭靠在辦公桌上，激動地喘著氣。等祕書慌

張地帶著醫生走進辦公室時，他已經恢復精神，在房間內來回踱步。接著，他將視線移到祕書身上，冷靜地吩咐：「立刻調一列私人專車來這裡，並告訴他們準備直開波士頓！對了，現在馬上把我的妻子帶過來！」

星期日清晨，一列私人列車隆隆地使出聖地牙哥。車上坐著老伽尼和他的妻子，以及能幹的祕書和夫人的女僕。這輛火車飛也似地過了一站又一站，經過了加利福尼亞州的荒野，鑽過了新墨西哥州的大隧道。他們經過道奇市的車站時，有人丟了一份報紙給老伽尼，上面刊登著一篇哈維被採訪的報導。全美國的人都在關注這件事，並紛紛為這輛列車加油打氣。

火車繼續快速奔馳，經過八十七小時又三十五分鐘，也就是三天零十五個小時又三十五分鐘之後，他們終於風塵僕僕地到達波士頓。此時，哈維正在車站裡等待他們。

哈維一上車就開始享用美味的餐點，他一邊咀嚼，一邊滔滔不絕地說著這幾個月以來的生活。伽尼夫人緊緊握著寶貝兒子的手，深怕再度失去他的音訊。哈

維的手掌變得粗糙，手腕上還有許多零星的疤痕，橡膠長靴和藍色針織衫上散發著濃厚的鱈魚味。他的目光清澈、口齒清晰，態度十分成熟穩重，與之前那個成天只知道調皮搗蛋的孩子天差地別。

「有人把他制伏了。」老伽尼一眼就看出了兒子的變化，他心想：「恐怕到歐洲學習，也不會有如此出色的效果。」

「你為什麼不叫狄斯科馬上把你送回來？」伽尼夫人心疼地問。

「我說過，可是他認為我發瘋了，完全不相信我說的話。而且我還誣賴他是小偷，因為我口袋裡的錢全都不翼而飛。」

「那天晚上，有個水手在欄杆那裡撿到你的那疊零用錢。」伽尼夫人回想起當時的記憶，忍不住哭了起來。

「那麼事情就全都弄清楚了。唉，是我不好，隨便冤枉別人，才會吃他一記耳光，流了好多鼻血。」

「他居然打你？我要去找他理論！」伽尼夫人生氣地說。

「事情沒有您想得那麼糟糕啦！多虧了他那一拳，否則我現在可能還迷迷糊糊地過日子呢！」

老伽尼拍了一下大腿，格格笑了起來。他覺得眼前的這個男孩，才是他心目中可以與他在業界闖蕩的好兒子。

「狄斯科一個月給我十美元的工錢，讓我跟著他的兒子阿丹幹活。我現在可以獨自駕駛平底船出海捕魚，也能夠掌舵開大船。我還可以俐落地為流釣魚鉤穿餌，也知道船上每一根纜索的用處。對了，有機會的話，我來為你們示範一次怎麼用魚皮把灑在桌上的咖啡擦乾淨吧！噢，我還想再喝杯咖啡！爸爸、媽媽，你們恐怕無法想像我為了這十美元，得做多少工作吧！」

「孩子，我剛開始工作的時候，一個月的薪水只有八美元呢！」老伽尼格格笑著說。

「真的嗎？我怎麼從未聽您說過？」哈維驚訝地問。

「那是因為你從來沒問過我呀！如果你想知道更多有關我工作上的事，我會

利用這幾天的假期好好說給你聽。

「狄斯科，一個人能夠每天都吃到美味的佳餚，就是最幸福的事情了。我們大船上的廚師手藝很好，大家都被他餵得很飽。此外，我和狄斯科是非常要好的朋友，只有他願意相信我說的話。狄斯科有個弟弟叫做索爾特，他總是喜歡和別人分享有關綠肥的觀念，而且到現在還覺得我是個瘋子。

「其實，我們的另一個船員賓斯法尼亞才真的瘋了呢！你們見到他，千萬別和他提到關於詹斯鎮或洪水的事情，免得勾起他不好的回憶。噢，你們還得見見普拉德、賈隆和曼紐爾。我落水那天，就是被曼紐爾救起來的。他是個性格溫和的葡萄牙人，也是一位了不起的音樂家。」

「我還擔心你會精神崩潰呢！」伽尼夫人心疼地說。

「怎麼會呢？我每天都過得非常充實，早上起床都覺得神清氣爽呢！」哈維愉快地說。

伽尼夫人見哈維如此健康活潑，就安心地先起身回包廂休息了。連續做了好

幾個月的噩夢之後，她終於能夠好好地睡一覺了。

「哈維，聽你這麼說，與你工作的那些夥伴似乎都是好人。你放心，我一定會竭盡全力地報答他們的。」

「他們是所有船隊裡最好的人！不信的話，您去格洛斯特打聽看看，就知道了。」哈維說：「爸爸，您能請人把火車開到格洛斯特去嗎？明天我們得把船上的漁貨全部卸下來，因為魚販們都爭相搶著要購買。我告訴您，我們可是第一艘離開聖母礁的漁船呢！」

「你是說，你明天還得去工作？」老伽尼驚訝地問。

「沒錯，我已經答應狄斯科了。我負責過磅，而且帳本還在我這裡呢！」哈維神氣地舉著那個油膩膩的筆記本，逗得父親哈哈大笑。

「找個人代替你吧！」老伽尼故意這麼說，他想聽聽看兒子怎麼回答。

「不行。既然我負責管理漁船的帳目，我就不能夠把這件事情推給別人。況且，狄斯科說我在數字這方面比其他船員還要在行。」

「假如我們無法準時抵達格洛斯特，你要怎麼辦？」

哈維看了一眼時鐘，現在是晚上八點十一分。

「那我就在這裡睡到隔天清晨三點，然後再搭乘四點鐘的貨運列車回去。據我所知，他們不收漁夫車錢，所以我可以免費坐車到格洛斯特。」

「那倒是個好辦法。好了，你快去睡吧，我保證明天我們一定會準時抵達目的地。」老伽尼慈祥地說。

哈維脫下腳上的靴子，躺在沙發上，不一會兒，就進入了甜甜的夢鄉。老伽尼望著兒子的臉龐，突然意識到自己或許從來都沒有盡到做父親的責任。

他喃喃自語地說：「不管我怎麼做，都無法報答狄斯科。」

第九章 回報

隔天早上，清新的海風吹進窗口，老伽尼的私人列車順利抵達格洛斯特，停在許多貨運列車之間。哈維已經神采奕奕地去工作了。

「哈維這次會不會又掉進海裡啊？」伽尼夫人擔憂地說。

「不會的，你要是不放心，我們可以帶一條繩子過去。萬一發生意外，我們再趕緊扔給他，拉他一把。」

他們走下列車，穿過街道，來到了碼頭。「在這兒號」的船身高高地露在水面上，狄斯科在聖母礁掛上的旗幟依然在桅杆上迎風飄揚。現在，全船的人都忙得焦頭爛額。

狄斯科站在主艙門旁邊，指揮曼紐爾、賓斯法尼亞和索爾特叔叔收滑車；阿丹、賈隆和普拉德負責把魚裝進竹簍裡；哈維拿著帳本，與一位過磅員站在滿地

都是鹽粒的碼頭上。

「預備！」過磅員大喊。

「拉！」狄斯科命令。

「嘿！」曼紐爾大叫一聲。

「來了！」阿丹一邊說，一邊推著竹簍。

接著，大家聽見哈維高聲地報出貨物的重量。

清點完最後的漁獲後，哈維抓住一根吊索，一下子就躍上離他有六英尺遠的繩梯。他將帳本交給狄斯科，大聲說：「兩萬九千七百公斤，船艙清空！」

「哈維，這次的漁獲總數是多少？」狄斯科問。

「八萬六千五百公斤，收入總共是三千六百七十六元二角五分。」

「你願不願意再跑一趟，替我跟魚行老闆結帳？」

「當然沒問題！」哈維一口答應後，立刻跟著魚行老闆離開。

這時，老伽尼來到阿丹身旁，故意問他：「那個孩子是誰？」

「他是我們的工作夥伴。」阿丹驕傲地說：「某天，他不小心從郵輪上落到海裡，結果被我們救了起來，後來就隨著大家出海捕魚。」

「他做得好嗎？」

「非常好！不過，還是讓我父親親自告訴您吧！」阿丹說完後，轉頭朝船上大喊：「爸爸，有人對哈維的事有興趣！」

「請他們上來！」狄斯科大喊。

伽尼夫婦沿著梯子，來到船艙內。

「你們對哈維那孩子有興趣？」狄斯科問。

「是的。」老伽尼冷靜地回答。

「他是個好孩子，領悟力也高，任何事情都做得又快又好。你們應該聽說了我們發現他的經過吧？當時他可能因為頭部碰撞，有輕微腦震盪的現象，所以總是說一些奇怪的話。不過，他現在已經完全康復了。」

其實，阿丹早就從哈維那裡得知他的父母要來拜訪。他興奮地把耳朵貼在門

板上，偷聽父親和他們的談話。

這時，他看見賈隆等人正朝這裡走來，於是連忙小聲地說：「哈維的父母來了！我父親不知道他們的身分，正在裡面與他們談話。他們的服飾看起來非常高級呢！」

「天啊！」賈隆叫了一聲：「所以哈維說的那些故事都是真的囉？難道他那位擁有小馬車的朋友其實是他自己？」

「沒錯！走，我們進去看看我父親錯愕的樣子吧！」

當他們走進船艙時，正好聽見老伽尼說：「謝謝你們這陣子對他的照顧，我是他的父親約翰・伽尼。」

狄斯科嚇得目瞪口呆，不敢置信地看著伽尼夫婦。

「四天前，我們接到哈維的電報，就立刻從舊金山趕來了。」

「只花四天的時間就抵達這裡？這怎麼可能？橫越那麼多座城市至少也得耗費一個星期。」狄斯科狐疑地說。

「爸爸，他們是搭乘自家鐵路公司開的私人列車來的，當然可以不眠不休地趕路囉！」阿丹插嘴說，臉上掛著得意的微笑。

「哈維曾說他有一輛四匹小馬拉的馬車，那也是真的囉？」賈隆再一次提出他的疑問。

「以前我們住在托雷多市的時候，他確實有一輛小馬車。」伽尼夫人和藹可親地回答。

過了一會兒，狄斯科紅著臉，結結巴巴地說：「是我判斷……錯了，而且錯的十分離譜。我不相信一個孩子每個月有兩百美元的零用錢，所以直覺認為他一定是在落海時，把腦袋摔壞了……我真的感到非常抱歉！哈維有和你們提到其他事情嗎？」

「他全都告訴我們了，還說您在他剛被救上來時，打了他一個耳光。」老伽尼說。

「噢，因為他當時實在太不可理喻，我一怒之下，就忍不住……」

「船長，您那一巴掌打得很對，也完全把他打醒了。老實說，我看到哈維有如此巨大的改變，心裡感到十分欣慰。」

狄斯科聽老伽尼這麼說，才稍微鬆了一口氣。

在兩位男人交談的期間，伽尼夫人一直在打量船上的每一個人：狄斯科那張沒有鬍子的臉孔上，帶著剛毅的神情；索爾特叔叔的身軀圓滾滾的，表情十分錯愕；賓斯法尼亞外表質樸，看起來不諳世事；曼紐爾的臉上掛著溫和的微笑；賈隆身材健壯，笑得合不攏嘴；普拉德的臉上有一道可怕的傷疤。她發現雖然這些人的舉止粗野，但為人坦率、毫無心機。

「各位，麻煩你們自我介紹一下，好嗎？你們救了哈維，又教會他做人處事的道理，所以我想好好感謝你們。」伽尼夫人紅著眼眶說。

狄斯科正式將所有船員介紹給伽尼夫婦。伽尼夫人每聽到一個名字，就點頭微笑。當她聽到曼紐爾的名字時，連忙衝上前緊緊握住他的手，不停道謝。

「夫人，請別客氣。」曼紐爾不知所措地說：「我相信換作是您，也絕對不

會對落水的人見死不救。」

「你一定就是阿丹，對不對？哈維告訴我，你是他最好的朋友！」不等狄斯科介紹，伽尼夫人已經上前摟住阿丹，並在他的臉頰親了一下。被高貴的夫人這麼一親，阿丹害羞地低下頭，臉紅得像一顆番茄。

後來，大夥兒帶領伽尼夫人參觀船艙，看看哈維睡覺的床鋪。經過廚房時，她看見廚師正在清洗碗盤。廚師微笑地朝她點點頭，一點兒也不感到驚訝，彷彿他早就料到今天會和她見面。大家爭先恐後地將船上的生活告訴伽尼夫人，她坐在船艙的床鋪上，笑得合不攏嘴。

「我回來了！」哈維大叫一聲，然後爬上漁船。

「哈維，我錯了！」狄斯科連忙舉起一隻手，

連珠炮似地說：「我承認我這次的判斷錯了，希望你能原諒我。」

「過去的事就別再提啦！」哈維笑著說。

「你要回西部了嗎？」

「沒錯，但是我要拿到剩下的薪水才願意離開。」

「噢，我差點把這件事情忘了！」狄斯科付清工資後，對他說：「哈維，你做得很好，簡直就像從小就生長在……」

狄斯科說到這裡，突然不知道該怎麼接下去。

「在私人列車裡。」阿丹忍不住調侃。

大夥兒一聽，紛紛捧著肚子哈哈大笑。

「走，我帶你們去看看那輛私人列車！」哈維挽著母親的手，帶領大家朝車站走去，老伽尼則留下來和狄斯科談話。

兩個男人坐在船艙裡，一邊抽著雪茄，一邊想著心事。尤其是老伽尼，他明白狄斯科給兒子帶來的改變，是絕對無法用金錢來衡量的，因此他打算時機出現

時，再向狄斯科說出自己的主意。

「其實，我並沒有為您的孩子做什麼，只是讓他努力工作罷了，您實在不用那麼客氣。」狄斯科不好意思地說。

「這正是他最欠缺的。這些年，我為了事業到處奔波，疏於管教孩子，所以他才會被我的妻子寵壞。」

「哈維的資質不錯，也很有數字概念，阿丹在這方面遠遠比不上他。」

「那麼，您對阿丹的未來有什麼打算？」老伽尼見機會來了，連忙詢問。

「讓他繼續從事這一行吧！他喜歡大海，也適合在海上討生活。等我老得動不了的時候，就讓他接手『在這兒號』。」

「您願意讓他學習駕駛新式輪船的技術嗎？」

「咦，您不是從事和鐵路有關的工作嗎？」

「今年夏天，我收購了『藍泡沫輪船運輸公司』和『麥奎德海運公司』，所以現在手上有六艘快輪定期在舊金山和日本橫濱往來航行。」

狄斯科一聽，不敢置信地瞪大雙眼。過了一會兒，他才緩緩開口：「我的親戚菲爾就在『藍泡沫輪船運輸公司』裡工作，他說那些船造得好極了。」

「菲爾表現得很好，已經升遷為船長了。我想知道，您是否願意把阿丹交給我一、兩年，讓他跟著菲爾學習？」

「可是阿丹什麼都不懂，他雖然能夠輕而易舉地駕駛『在這兒號』，但新式輪船牽涉到許多需要計算的航海知識，我擔心他可能無法勝任。」

「菲爾會有辦法的。不如我先讓阿丹出航幾次，如果他有興趣，再讓他去學校學習有關新式輪船的專門知識，您覺得如何？」

「好吧！不過，我還得回家和妻子商量。」

阿丹的母親原先不同意，因為她認為海上生活太危險了，所以想要阿丹去學做生意。可是，她經不住老伽尼的一再保證，加上狄斯科說阿丹可能也不願意放棄這一行，才終於勉為其難地答應。

阿丹回來後聽到這個消息，開心得手舞足蹈，不停對老伽尼道謝。

另一方面，伽尼夫人將曼紐爾拉到一旁，想私下塞給他一些錢，感謝他救了自己的寶貝兒子。可是曼紐爾堅持不肯收下，最後他被逼急了，只好對伽尼夫人說：「好吧，如果您一定要給我錢，那就得照我的方法。」

他把伽尼夫人介紹給一位葡萄牙籍牧師認識，並請牧師提供一份家境貧困的寡婦名單，打算用那筆答謝他的錢來資助她們。伽尼夫人深深地被曼紐爾的高尚人格感動，因此另外捐贈了一大筆錢。

「現在，我可以好好地休息囉！」曼紐爾愉快地說。

索爾特叔叔擔心那位千萬富翁會傷害不諳世事的實斯法尼亞，因此在伽尼夫婦抵達的第三天，就帶著他離開了。他們沒有留下地址，誰也不清楚他們究竟去了什麼地方。

不過，那位沉默寡言的廚師卻有驚人之舉。他收拾好行李，執意要搭上私人列車，說他往後要跟從哈維。列車長和他爭論不休，最後只好稟報給老伽尼。老伽尼聽了哈哈大笑，他認為哈維總有一天會需要貼身男僕來料理家務，況且心甘

情願服侍的僕人，比五個花錢聘請的保鑣還要好，於是就把他留了下來。

這幾天，哈維和父親形影不離。他們並肩散步時，老伽尼還會故意擺出走不動的樣子，把手搭在兒子的肩膀上。漸漸地，哈維發現了一件他從未注意到的事情——他的父親有一種奇怪的力量，能夠使別人說出他想探聽的任何事情。

「您究竟是如何讓那些人，把所有您想知道的事情都說出來呢？」哈維不解地問。

「哈維，我這輩子和許多人打過交道，自然知道如何與人相處。」老伽尼緩緩地說：「成功的祕訣就是處處替人著想。假如你肯這麼做，別人就會把你當作自己人，然

後全心全意地對待你。」

「噢，我明白了，因為『在這兒號』的船員就是這麼對待我的。」哈維搓了搓手，難過地說：「我手掌上的皮沒那麼粗了。」

「沒關係，等你讀完大學，再讓它變粗吧。」

「好吧。」哈維不情願地說。

「這樣就對了，孩子。」

「那麼，您每個月還會給我零用錢嗎？」哈維期待地問。

「會，不過只有十美元，就和狄斯科給你的工資一樣。還有，在往後的幾年裡，你只准讀書，不許去想別的事。」

「這太難了！」哈維大叫：「假如我得讀完四年大學才能投入工作，那我寧願去替別人開遊艇。」

「孩子，你別急。」老伽尼堅持地說：「讀書就等於是商人為了做生意所投注的本錢，拿這個本錢在世界闖蕩，簡直就是如魚得水。你得在學校裡尋找志同

道合的朋友，拓展自身的人脈，屆時出社會打拚，才有人能夠在背後支持你。哈維，我想，你應該不願意在你接手家族事業的時候，眼睜睜看著它關門大吉吧？你仔細考慮，明天早上再告訴我你的決定。好了，我們快點走吧！要不然會趕不上吃晚餐的！」

隔天，哈維向父親提出了條件。他一本正經地解釋說，他對鐵路、伐木工廠和採礦場都不感興趣，他最喜歡的還是有關海上的事物。因此，假如父親答應日後將今年夏天收購的輪船公司交給他管理，他就願意上大學，並且保證一定會埋首苦讀、絕不荒廢課業。除此之外，在他放寒、暑假的期間，父親得允許他隨時都可以到輪船公司觀摩。

「好，就這麼辦！」老伽尼爽快地說：「哈維，要是你在大學畢業後仍不改變主意，我就把輪船公司全權交給你，如何？」

「不行！您不能就這麼撒手不管，我還需要您做我堅強的後盾呢！狄斯科曾說：『一家人應該靠得緊緊的。』」他的船員從來不會在他出事的時候，丟下他不

管。」哈維激動地說。

「好，我明白了。等你接管事業後，我會適時地拉你一把。」老伽尼微笑著說：「唉呀，我們該回西部去了。我離開工作崗位這麼多天，也該回去處理公務了。老實說，我已經好久沒有像這樣好好放鬆了。」

幾天後，「在這兒號」又要出海了。哈維幫忙把船尾的纜繩從碼頭的繫索柱上解開，船員們升起船帆，將大船駛出碼頭。大家似乎有許多話想對哈維說，但最後還是沒有講出什麼感人肺腑的道別話。漸漸地，「在這兒號」離碼頭愈來愈遠了。

「哈維，再見！雖然不知道哪天能夠再見到你，但是我會常常想念你和你的家人！」狄斯科揮著手，高聲大喊。

哈維紅著眼眶，目送他們離去。他目不轉睛地看著「在這兒號」，心想自己永遠也不會忘記在那艘船上度過的美好時光。

轉眼間，七年過去了。

在美國西部，有個年輕人走在一條兩旁都是花園洋房的彎曲街道上。正當他在一扇雕工細緻的大鐵門前停下腳步時，一個騎著馬的年輕人迎面而來。以下就是他們兩人的對話：

「嗨，阿丹！」

「好久不見，哈維！」

「你有什麼好消息嗎？」

「我現在升遷為二副了！你呢？學校生活有趣嗎？」

「唉，在『在這兒號』上的日子刺激多了！不過明年秋天，我就要進輪船公司上班囉！」

「你是說，你明年就要開始管理船隻了嗎？」

「沒錯！阿丹，你得把皮繃緊一點啦！」

「哈！我會好好領教的。」

哈維跳下馬，邀請阿丹進去坐坐。

「我正想進去，可是我怕那位廚師在家。他老是拿他以前說過的預言來尋我開心，真是讓人受不了。」

就在這時，廚師格格笑著走了出來，接過哈維手裡的韁繩。這些年來，他盡心盡力地伺候哈維，絕不讓別人碰他一根寒毛。

「唉呀，這場霧真是濃啊！」阿丹連忙轉移話題。

不過，那位皮膚黝黑的廚師把手搭在阿丹的肩膀上，又開始講起了他先前的預言：「主，僕。他是主，你是僕。阿丹，你還記得我在『在這兒號』上說過的話嗎？」

「記得，我一直記在心裡。」阿丹沒好氣地說：「不過，『在這兒號』確實是一艘了不起的漁船，我永遠也不會忘記它和我父親給我的恩惠。」

「我也是。」哈維發自內心地說。

小心許願！
免得落入可怕的窘境

　　五個孩子趁父母出遠門時，跑到新家附近的砂石坑玩耍，沒想到卻意外挖出了一個神祕的沙仙。牠從好幾千萬年前就已經存在於這個地球上，而且還能夠實現任何心願。孩子們興奮極了，迫不及待地向沙仙提出各式各樣的願望，然而不管是真心的願望，還是無心的希望，全都讓他們陷入了棘手的困境。更糟糕的是，沙仙最後對孩子們感到不耐煩，而拒絕幫助他們收回心願！究竟這些孩子該如何解決自己造成的麻煩？生氣的沙仙是否會網開一面，大發慈悲地援助他們呢？

大師名著005

沙之精靈 驚險刺激的魔法探險之旅

【英國】 伊蒂絲 內斯比特

沙之精靈
Five Children and It
驚險刺激的魔法探險之旅

大師名著
伊蒂絲·內斯比特
Edith Nesbit
【英國】

勇敢 × 獨立
拋開過去,成就自我

　　孤兒湯姆跟著經常虐待他的師傅格里姆斯到處掃煙囪,有一天,他們接到指示來到宏偉的哈特霍福莊園清掃煙囪,不料湯姆卻在陰錯陽差之下,被誤會成小偷而慌張地逃跑了。疲憊不堪的他在恍惚間落入水中,被水仙子們變成了乾乾淨淨的水孩子。湯姆在水底依舊不改調皮的本性,經常捉弄弱小的動物,在仙女的開導之下,才逐漸收斂。為了拓展眼界、摸索自己想成為的樣子,仙女勸湯姆獨自前往「天外天」去幫助他討厭的人。究竟湯姆能不能順利克服萬難、完成任務?仙女要他去幫助誰呢?

大師名著
004

水孩子 通往成長的奇幻水底世界

〔英國〕查爾斯·金斯萊

水孩子
The Water-Babies
通往成長的奇幻水底世界

大師名著
查爾斯·金斯萊
Charles Kingsley
【30元】

大師名著
查爾斯·金斯萊
Charles Kingsley
【英國】

培養文學素養,啟蒙優良讀物

☆ 促使英國通過兒童法案的優良讀物

☆ 豐富知識融合奔放想像力的奇幻童話

☆ 反映英國維多利亞時代社會的經典文學

大師名著系列 006

怒海餘生

驕縱貴公子的蛻變心路歷程　　　　　　　ISBN 978-986-99212-1-3 / 書 號：RGC006

作　　　者：魯德亞德‧吉卜林 Rudyard Kipling
編　　　輯：張雅惠
插　　　畫：黃凱
美術設計：巫武茂、涂敞俙

出版發行：目川文化數位股份有限公司
總 經 理：陳世芳
發行業務：劉曉珍
法律顧問：元大法律事務所 黃俊雄律師
地　　　址：桃園市中壢區文發路 365 號 13 樓
電　　　話：(03) 287-1448
傳　　　真：(03) 287-0486
電子信箱：service@kidsworld123.com
劃撥帳號：50066538

印刷製版：創奇設計印刷有限公司
總 經 銷：聯合發行股份有限公司
　　　　　地址：新北市新店區寶橋路 235 巷
　　　　　　　　6 弄 6 號 4 樓
　　　　　電話：(02) 2917-8022

怒海餘生 / 魯德亞德．吉卜林 (Rudyard Kipling)
作 . -- 初版 . -- 桃園市 : 目川文化，民 109.08
　　面；　　公分 . -- (大師名著 ; 6)
譯自：Captains courageous
ISBN 978-986-99212-1-3 (平裝)

873.596　　　　　　　　　　　　　　109009202

網路書店：www.kidsbook.kidsworld123.com
網路商店：www.kidsworld123.com
粉 絲 頁：FB「悅讀森林的故事花園」

出版日期：2020 年 8 月（初版）
定　　　價：320 元

建議閱讀方式

型式	圖圖圖	圖圖文	圖文文		文文文
圖文比例	無字書	圖畫書	圖文等量	以文為主、少量圖畫為輔	純文字
學習重點	培養興趣	態度與習慣養成	建立閱讀能力	從閱讀中學習新知	從閱讀中學習新知
閱讀方式	親子共讀	親子共讀引導閱讀	親子共讀引導閱讀學習自己讀	學習自己讀獨立閱讀	獨立閱讀